若さま同心　徳川竜之助【十三】

最後の剣

風野真知雄

双葉文庫

目次

最後の剣　若さま同心　徳川竜之助

序　章　近づく足音

一

徳川竜之助《とくがわりゅうのすけ》は、半町ほど離れたあたりから柳生清四郎《やぎゅうせいしろう》の姿を見ていた。

ここは深川の先、砂村新田《すなむらしんでん》の海辺の掘っ立て小屋である。

清四郎が、ちょうど教え子たちが帰って行くのを見送っているところだった。

剣を教えているのではない。読み書きやそろばんを教えるようになったと、やよいから聞いていたが、まさにその通りらしい。みな、剣など帯びていない百姓や町人の子どもたちであった。

静かな光景だった。

空は高く晴れ、夏の日差しが傾きつつある。乾いた風が吹き、砂浜には静かな波が打ち寄せている。

浜辺の小さな家の前に立つ清四郎と、畑の中を帰る七、八人の子どもたち。

楽しげな声も聞こえてくる。

――ああ、いいなあ。

と、竜之助は思った。

この光景の中には、戦いの気配というものがない。

憎しみも怒りもない。

すべてのものが穏やかで、乱れがなく、淡い色合いに染まっているようだった。

子どもたちがいなくなると、竜之助はゆっくり近づいていった。

柳生清四郎は、畑の中に入って、草をむしりはじめた。

手習いを教えるかたわら、百姓から土地を借り、自分が食う分の野菜をつくっているらしい。柳生の里から支給されていた金はすでに断ってしまった。風鳴《ふうめい》の剣を伝えるという仕事を捨てた自分に、禄を受ける資格はないと。

つくっている野菜は茄子《なす》ときゅうりと隠元豆《いんげんまめ》の三種である。よく実っているのも見えた。

「お師匠さま」

「ん？」

清四郎がこっちを向いた。

穏やかな顔になっている。

竜之助は、もしも自分が剣を捨てたとしても、ここまで穏やかな顔になれるかどうか自信がない。

「いま、師匠とおっしゃったが、もう、わたしは師匠ではありませぬぞ」

このあいだの対決の際、柳生清四郎は師弟の関係を断つと宣言したのだった。

「だが、習慣になっています。自然にほかの呼び名になるまでは、お師匠さまと呼ばせてください」

竜之助がそう言うと、

「そうですか。では、ご随意に」

柳生清四郎は笑ってうなずいた。

「今日は、お詫びにうかがいました」

「詫びる？　若が？」

意外な顔をした。竜之助は詫びるようなことはしていないと、その人柄を信頼しきっている口調である。

「じつは……」

と、風鳴の剣を復活させた経緯を語った。

闊達《かったつ》な剣を遣う坂本竜馬《さかもとりようま》との対決。

そのこだわりのなさに打たれたこと。

弱き者のために遣うならと、強い決意をひるがえした。

「そうですか、風鳴の剣を」

柳生清四郎は静かにうなずいた。

「お師匠さまに宣言しておきながら」

「そんなことはかまいませぬ。わたしはおそらく、その決意は若の心のどこかに準備されていたのだと思います」

「そうでしょうか」

「だからこそ、初めて会った坂本竜馬というお人の言葉に強く打たれたのです。まるっきり思ってもいないことに、人の心はそんなにかんたんにひるがえるものではありませぬ」

「たしかにそうかもしれません」

「だが、いずれにせよこの剣はもう役目を終えるときかもしれませぬぞ」

「はい、わたしもそのような気がします」

捕り物でも、風鳴の剣を遣うような悪党はそうそう出てくるものではない。

そして、この激動の時代における徳川家そのものの命運もかかわってくる。

「町方の仕事はまだつづけられるおつもりで？」

「もちろんです」

田安《たやす》家の用人である爺《じ》いこと文倉辰右衛門《はせくらたつえもん》は、あいかわらず竜之助を幕政に参加させたがっているらしい。

だが、頑《かたく》なに拒みつづける竜之助に、爺いも、だんだん諦めの気持ちになってきているのだ。

とはいえ、町方での身分はあいかわらず中途半端な見習い同心で、いつお払い箱になってもおかしくない。

時勢と同様、竜之助の身辺もどうなっていくのか、予想しがたい。

「じつは、さきほどそっとお姿を見ていて、あまりにも平穏な光景に胸が詰まる思いでした。人はずっとこうして、穏やかに生きていけないものなのでしょうか」

「いまはこの小さな世界に生きているからでしょうな」

「小さな世界？」

「はい。たまたま周囲が静かに落ち着いていて、そこから出ずにとどまっているからですよ。だが、嵐や旱魃《かんばつ》や津波といった大きな自然と戦うときもあるでしょう。自然はそうそう穏やかな顔だけを見せてはくれませぬ」

「たしかに」

「しかもそうなると、水や食いものが足りなくなり、それらを奪い合う人間同士の争いが起きてきます」

「ええ」

「さらに、ほかの要因から世が乱れることも。現にいまも……」

「はい。なにかが迫りつつあるのは、ひしひしと感じます」

と、竜之助はうなずいた。

「ずっと穏やかな世界にいられるなら、剣も必要ではないのでしょうが」

柳生清四郎も、いまの平穏さを慈《いつく》しむように言った。

——所詮《しょせん》、人は戦うことなく、生きていけぬものなのだろうか。

それを思うたび、竜之助は切なくなる。すなわち、敗者を踏みにじりながら生きていくことになる。

「お師匠さま。じつは、気になっていることがあります」

「なんでしょう?」

風鳴の剣で戦った相手のことだった。

加藤文蔵《かとうぶんぞう》といったあの男は、浪人者だった。だが、特異な能力によって、柳生のもうひとつの秘剣である雷鳴《らいめい》の剣を会得していた。

浪人者がなぜ、尾張《おわり》に伝わったという雷鳴の剣を会得し、それで竜之助の風鳴の剣に挑んできたのか。

尾張柳生が意図したことなのか。

それとも、別の意図があるのか。

こうしたできごとを柳生清四郎に語ると、

「もしかしたら、倒幕を目指す連中が、御宗家と尾張のあいだにある積年の不和を利用しようとしているのでは?」

「積年の不和を?」

「はい。尾張にはいつか天下をという強い思いがあるといいます。将軍家の秘剣である風鳴の剣の存在を知ったとき、まずこれを打ち破ろうとするのではないでしょうか？」

「なるほど。だが、この江戸でそんな事態はつくれますまい。しかも、わたしは尾張と争うために風鳴の剣を遣う気にはなりません。弱き者を救うために封印を解いたので、尾張の剣のことなどどうでもいいのです」

「若はそうでしょうな」

「あ」

竜之助は小さな声をあげた。

「どうなさった？」

「いや、柳生全九郎《ぜんくろう》の遺体の話を思い出したのです。佃島《つくだじま》に流れ着いた全九郎の遺体は、傷だらけだったと言ってました。鮫《さめ》に襲われても、もう少し思いやりのある傷になっただろうと」

「それが？」

「柳生全九郎は二刀によって斬り刻まれたのではないでしょうか？」

「雷鳴の剣で？」

「はい」

竜之助はうなずき、海のほうを見た。

「まさか、あのお人が？」

柳生清四郎が尾張と江戸で会ったという男。

中村半次郎《なかむらはんじろう》が竜之助に書状で伝えてきた徳川宗秋《むねあき》という男。

それは同じ人物ではないか。

そして、その人物こそ、雷鳴の剣の遣い手であり、柳生全九郎を斬ったのではないか。

――宿命の相手……。

竜之助の背を冷たい予感が走ったような気がした。

二

徳川宗秋が、築地《つきじ》にある尾張藩の蔵屋敷を出ようとしたとき、

「宗秋さま」

と、後ろから若い武士が駆け寄ってきた。いかにも生真面目そうな顔をした男で、見覚えもある。

「なんだ？」

「長らく江戸に詰めております矢野千之輔《やのせんのすけ》と申します」

「それで？」

「さっきのご用人さまとのやりとりをお聞きしました」

「うむ」

「わたしも宗秋さまにまったく賛成です」

「ほう」

徳川宗秋は目を見張った。

さっきは、ふだんここには滅多に来ない江戸藩邸の用人の一人に、

「あまり表だった動きはお控えください」

と、忠告されたのである。

「なぜだ？」

と問えば、

「いまは微妙な時期」

とだけしか答えない。

尾張もまた、ほとんどの藩と同様に、藩論が大きく二つに分かれている。

勤王か佐幕か。

江戸屋敷の者は将軍のお膝元にいるため、どうしても佐幕派が主流になってい

る。この用人も佐幕派である。

だが、宗秋の本心は、どちらでもない。むしろ、もっと過激である。江戸の徳川家になりかわって、尾張が将軍となるべきだと思っている。

隠すことなく、いままでも堂々とこの意見を述べてきた。

用人も宗秋の意見は知っている。

それを慎んでくれと言っているのである。このところ、いろんな会合で表明しているのを、誰かから聞いたのだろう。

「いまこそ、まさに絶好の機会ではないか」

「宗秋さま。ですから、それは……」

「このようなときに、表だって動かないで、いつ、動けというのか」

「ご判断は、慶勝《よしかつ》さまがもどられてから」

隠居の徳川慶勝はいまだ実質的な支配者だが、このところずっと京に詰めている。

「尾張が台頭すべき時代に、動こうとしないとはな」

「動くなというわけではありませぬ。ただ、慎重にと」

「宗家と共倒れすることを望んでいるのか？」

「そうではなく、力を合わせて」

「戯言《ざれごと》だな、それは」

「なんと」

「いまさら徳川家の力を合わせても、新しい勢力には対抗できるわけがない」

宗秋はきっぱりと言った。

「不穏当な発言ですぞ」

用人の脅しなど気にもしない。

「こうなれば、わし一人だけでも行動に出る」

「なんと」

「そなた、しつこい」

宗秋は叱りつけるように、用人との話を打ち切ったのだった。

矢野千之輔という若い藩士は、このやりとりを聞いていたらしい。

「わしに賛同してくれるか」

と、宗秋は矢野に訊《き》いた。

「はい。お役に立ちとうございます」

「では、策を練ろう」

「策を？」

「尾張の秘剣のことは知っているか？」

「そうした噂は聞いたことがあります。だが、まことのことなのでしょうか？」

「むろんだ。その尾張の秘剣が将軍家の秘剣を打ち破り、天下をひっくり返すための算段をしようというのさ」

宗秋はそう言って、矢野千之輔を外に連れ出した。

第一章　犬の墓

一

「あれです、福川《ふくがわ》さま」

市中見回りの途中、岡っ引きの文治《ぶんじ》は立ち止まって、南町奉行所の見習い同心、福川竜之助に一軒の店を指し示した。

神田の筋違橋《すじかいばし》近くにある〈甲州堂《こうしゅうどう》〉という店である。

間口五間ほどの店はいつものように商売をしているが、その端のほうには〈忌中〉のすだれが下りている。

食欲までそそられそうなくらい上等な線香の匂いが、道にも流れている。

ちょうど、神妙な顔をした男が三人、中から出てきた。

だが、外に出るや、ぱっと表情がふざけたものに変わった。

「いやあ、笑うのを我慢するんで大変だったよ」

「まったく犬の葬式なんざ初めてだ」

「おいら、わんわんって吠《ほ》えそうになるところだったぜ」

などと話しながら通り過ぎていった。

「ちゃんとした葬儀みてえだ」

と、竜之助も呆《あき》れた顔をした。

道々、文治から聞いていたが、どうせちゃちな葬儀の真似ごとだと思っていた。とんでもない。下手な店のあるじよりも立派な葬儀である。

「ええ。ここらじゃもう評判になってますよ」

と、文治は苦笑した。

甲州堂というのは、三味線《しゃみせん》や笛、琴など、音曲や芸ごとに関わる品を売る店だった。

その道の一流どころが使う名品を扱い、信用を築いてきた。

しかも、亡くなった亭主は蓄財の才もあった。このあたり一帯の土地をずいぶん手に入れ、そこに貸店や長屋などをこしらえ、家賃としての収入もかなりの額になるらしい。

このおかみが、犬を飼っていた。

狆《ちん》に似た、おかしな顔の犬だった。狆とそこらの犬との子どもらしい。

その犬が死ぬと、おかみはこの世の終わりが来たみたいに泣きじゃくり、

「せめて盛大な葬儀を」

と、のたまった。

「犬の葬儀だとよ」

と、近所の人たちは笑った。

だが、行かないとまずい。

家主であり、町の実力者である。機嫌をそこねたら、住まいを追い出されたり、暮らしにくくなったりするかもしれない。

皆、粛々と犬の葬儀にやってきた。

「このたびはどうも」

そう言ったあと、誰もが笑いをこらえるような顔になった。

笑いでもしたら大変である。

ただし、迷惑なだけではない。葬儀に顔を出せば、酒は飲ませてくれるし、ご

ちそうもあるし、香典以上のお返しがいただけたりもする。犬の霊に頭を下げるという多少の屈辱さえ我慢すれば、得することになるのである。

「なるほどな」

と、竜之助もつい苦笑してしまう。

「でも、変な人に思われるかもしれませんが、あのおかみさんは、いい人ですぜ。まあ、ちょっと度を越した犬好きってところはありますがね」

「おいらたちもお焼香させてもらおうか」

と、竜之助は言った。

好奇心である。だが、この仕事をしてみて、好奇心こそ事件解決に剣や十手よりも大事なんだと、ようやく気がついたように思う。

「え、旦那もですか？」

「うん。町方が犬に線香をあげちゃまずいか？」

「まずくはないでしょうね」

「香典はどうしよう」

「香典も出すんですか」

「出さねえわけにはいかないぜ」

「いくら？」

竜之助は、懐を探った。

「十文くらいしか出せねえな」

と、情けない顔で言った。

安い石高のうえ、竜之助は町人から袖の下を受け取らない。いつもぴいぴいしているし、やよいからも無駄使いを戒められている。

「充分ですよ。犬ですもの」

忌中のすだれのわきから中に入った。

店とのあいだは屏風《びょうぶ》で仕切られている。小さな早桶《はやおけ》がずっと奥のほうに置いてある。坊主がそのわきでお経を読んでいる。

焼香するとき、わきから坊主の顔を見て驚いた。

お経をあげているのは、なんと本郷《ほんごう》の大海寺《たいかいじ》の雲海《うんかい》和尚ではないか。狆海《ちんかい》はいない。一人で出てきたらしい。

前もそうだったが、この和尚は人間よりも生きもの相手のほうがいいお経を読む。

今度も心がこもり、さぞや亡くなった犬も成仏することだろう。

小さな早桶の前には戒名を書いた位牌《いはい》も立っていた。

「犬に戒名か？」

「やりすぎですよね」

しらばくれてつけた雲海も雲海である。

それには、

「甲州堂好耳辺路之霊」

と書かれてあった。

「辺路ってどういう意味だろう？」

「さあ。あれがおかみさんです」

と、文治は早桶のわきにいた女をそっと指差した。

歳のいったやり手のおかみを想像したが、まだ三十半ばほどのやさしげな顔をした女だった。子どもはここにはいないが、十五と十二の息子がいるとは、文治からすでに聞いていた。

そのおかみに一生懸命話《けげん》しかけている男がいた。だが、なぐさめているふうでもない。おかみも怪訝そうな顔で相手をしているが、かすかに怒りの色も浮かべている。

手代ではない。そのようすが、竜之助はなんとなく気になった。

竜之助と文治が焼香して後ろの席に座ると、当のおかみがやって来て、

「文治親分。じつは、お訪ねしようと思ってたんですよ。うちのぺろのことで」

と、小声で言った。

ぺろとは犬の名前らしい。竜之助は位牌の「辺路」もそれかと思い至った。

「どうしたんだい？」

文治が訊き返した。

「もしかしたら毒で殺されたのかもしれません」

「毒だって？」

やっぱりなにか事件に結びつくのか。

竜之助は生きものがらみの事件に縁がある。大滝《おおたき》から、「福川は生きものに頼られるからだよ」と言われたこともある。

たしかに、道を歩いていると、犬やら猫やらが寄って来て、なにか訴えるように鳴かれることがよくある。

何カ月か前には、犬猫が混じり合ったお化けが出るという騒ぎがあった。あれも、盗みの計画が隠されていたのだった。

この犬の葬儀だって、背後にはなにがあるかわからない。

「庭で元気に遊んでいたんです。それがちょっと目を離した隙に死んでいました。そんなことってあるでしょうか」

「まあ、人だって元気だったのが急に倒れて死んだりはするわな。ぺろってのは、いくつだったんだい？」

「六つか七つです」

「それじゃあ、寿命だったんじゃねえのかい」

「でも……」

と、何か言いよどんでいる。

「殺されたりするような理由はあるのかい？」

と、わきから竜之助が訊いた。

「いえ、とくにはないのですが」

おかみは口をつぐんでしまった。

気になるが、町廻りの途中である。

「じゃあ、なにか変わったことがあったら、文治に相談するんだぜ」

そう言って、犬の葬儀を後にすることにした。

二

翌朝である。

大海寺の狆海が八丁堀《はっちょうぼり》の役宅にやって来た。口をきゅっと結び、真剣な顔である。

「どうしたい？」

「犬の墓があばかれました。昨日、葬儀をした甲州堂さんのぺろの墓です」

「なんだって」

竜之助の後ろで、やよいが「まあ」と声をあげた。

「和尚さんが福川さまに知らせておいたほうがいいと」

「うん。さっそく見に行くよ」

と、竜之助は残りの飯にみそ汁をかけてすすりこむと、急いで外に出た。

「甲州堂のおかみさんには？」

「これからです。先に福川さまにお伝えしたほうがいいかと」

これは狆海の判断だろう。

「じゃあ、おかみさんに知らせる前に」

「はい。文治親分のところにですね」

「そういうこと」

まったくこのかわいい小坊主の気が利くことといったら。

狆海とは途中で別れ、竜之助は本郷の大海寺に駆け込んだ。

墓地は裏手である。

「おう、福川」

ずっと奥のほうで、雲海が手招きした。ほかには老いた寺男がいるだけである。

「なるほど。これですか」

本当にぺろの墓が荒らされていた。早桶のふたが開けられ、白と黒の毛がのぞいている。

「埋葬したのはいつですか？」

「昨日の夕方だよ。それで、今朝早くに墓参りに来た檀家の者がこれを見つけたのさ。まったくひどいことをする」

「ここは犬だけの墓ですか？」

「ほれ、そっちは甲州堂の代々の墓だよ。四方はふさがっていたので、こっちに新しく墓所を買ったのさ。ま、これくらいなら犬も寂しくないだろうというわけだ」

文治が来て、それからまもなく甲州堂のおかみがよろよろとした足取りで駆けつけて来た。

「なんてこと!」

おかみは驚愕《きょうがく》した。衝撃のあまりめまいがしたらしく、竜之助は慌てて肩を押さえ、そっとしゃがませた。

「大丈夫かい?」

「はい。驚いただけですので。なんて、恐ろしい」

「ぺろに間違いないね?」

と、竜之助は訊いた。

「はい。かわいそうに。こんなことになって」

寺男にもういいと伝え、土をかけてやる。

人を埋葬するときのような深い穴ではない。しかも小さい。掘るのはそう大変ではなかっただろう。

夜のうちにやられたのだ。

「門は閉めてあったのでしょう?」

竜之助が雲海に訊いた。

「ああ。だが、あれを見ればわかるが、いつだって入ることはできるさ」

と、雲海は塀のほうを指差した。

塀は低いし、ところどころ崩れたりもしているので、かんたんに出入りできる。しかも、昨夜は月も明るかったので、ここに侵入するのは難しいことではなかっただろう。

「でも、夜中に墓をあばくなんて、度胸がなければできませんよ」

「そうだな」

犬の墓と知ってのことなのか。それとも、小さな子どもの墓で、金目のものでも埋まっていると期待したのか。

「なんなのでしょう?」

と、文治が訊いた。

「さあ」

竜之助は首をかしげた。

「なにか、大きな悪だくみが隠れているかもしれませんね」

文治は不安げに言った。

たしかにそうなのだ。悪戯《いたずら》のようなことが、そのあとに現れる悪事の前書きみたいなものだったりする。

三

墓が元通りになったのを見届け、甲州堂のおかみは帰って行った。

その後ろ姿を見ながら、

「墓をあばかれるなんてことはよくあるんですか?」

と、竜之助は雲海に訊いた。

「あるか、そんなもの」

「初めて?」

「ああ。初めてだ」

「ここらのほかの寺ではどうでしょう?」

「聞いたことないな」

「そうですか……」

ということは、やはりここがどういう墓なのか、つまりは犬のぺろの墓だと知っていてやったのだろう。

「ここが犬の墓だと知っている人はたくさんいますか？」

　竜之助が訊くと、雲海は狆海に、

「いるか？」

と、自信なさげに訊いた。説法は得意だが、じっさいの寺の運営については、このいたいけない小坊主にまかせっきりである。

「いいえ、和尚さん。まだ、誰もお墓参りには来てませんから、いまのところ知っているのは、喪主のおかみさんと、それに和尚さんと、わたしと、穴を掘った寺男の助《すけ》さん、この四人だけじゃないでしょうか」

「それだけか……」

　竜之助は首をひねった。

　お寺の三人は、犬の墓をあばいてもなにも出てこないのは知っている。

「じゃあ、おかみさんがあばいたんですか？」

と、文治が訊いた。

「でも、おかみさんが来たときの驚いた表情は嘘には見えなかったよな」

「見えませんでしたよ」

「ぺろって犬は、どういう犬だったのかな」

と、竜之助は言った。

「あ、おかみさんにくわしく訊けばよかったですね」

「おかみさん以外に訊きたいな」

「店の者に？」

「店の者は正直な気持ちは言わねえかも」

「となると、近所の人や行商で出入りしている者ですか？」

「そうだな」

「じゃあ、あっしは先に行って、あのあたりで聞き込んできます」

文治は一足先に大海寺を出て行った。

「和尚。ひさしぶりに座禅を組んでいきたいと思います」

「座るのか」

「はい」

「座らずにやってみる気はないか？」

「どういうことでしょう？」

座るから座禅ではないか。

「禅は心の鍛錬だ。身体のかたちにこだわらなくてもできぬものかと思ってな」

「ははあ」

また、おかしなことを考えたらしい。よくいままでバチも当たらず、坊主をつづけてこられたものだと感心する。

いや、もしかしたらバチが当たってこういう性格になったのかもしれない。

「じつは異国の者にも禅をやってみたいという者がおってな」

「……」

この前、ここで見かけた金髪の美女と美少女のことかもしれない。

「ただ、あの人たちは床に座るという習慣がないので、足をうまく組めないのさ。それでこの禅を異国にまで広めるには、立っておこなう禅とか、椅子に座ってやる禅を考えてもいいのかと思ったわけだ」

「へえ」

「試しにそなたにやらせてみようかと思った」

「試しにですか」

「バチが当たっても、そなたなら大丈夫なように思える」

「それはこっちが言いたいですよ」

憎まれ口を利いたが、変わったことをやってみるのは楽しい。

竜之助は、ゆったりした姿勢で立ち、軽く目をつむった。

身体が揺れて、均衡を失いそうになるので、少しだけ柱にもたれるようにする。

無念無想の境地。

頭の中に静かな池のような風景が広がっていく。

立ったままでもできるかもしれない。

「どうじゃ？」

「面白いです」

「面白いか」

雲海は驚いたように言った。なにか悪いことでも起きるように思っていたのではないか。

竜之助は思いついたことを口にした。

「刀を持ってやってみてはいけませんか？」

「ふうむ。そういえば、昔、沢庵《たくあん》和尚が剣禅一致なんてことをおっしゃったそうじゃな。面白い。やってみるがいい」

四

刀を持ったままの禅を試していると、文治がもどって来た。

犬のことを聞いてきたにしては慌てている。可愛がられていたわりには、性悪の犬でもあったのか。

「どうした？」

「殺しです。福川さまにお伝えしろと」

「そうか」

別の事件に出くわしたらしい。

禅どころではない。犬の墓どころでもない。

大海寺を飛び出した。

「どこだ？」

「両国《りょうごく》です」

竜之助と文治は、本郷から両国へと急いだ。

江戸いちばんの歓楽街である。いつ来ても祭りのようににぎわっている。なにか起きたのかと、心配になるくらいざわついている。

ただ、殺しがあったのは表通りではなく、横道をだいぶ入ったところだった。

「ここですね」

と、文治が指差した。

まだ新しそうな店構えである。看板には〈とてちん屋〉と書いてある。

「おかしな屋号だな」

「ええ。三味線屋みたいですね」

先輩同心の矢崎三五郎《やざきさんごろう》が来ていた。

遺体は何もかけられず、帳場のわきに横たわっている。まだ若いあるじらしい。首のところが黒く痣《あざ》になっている。手で絞め殺されたらしい。

すこし離れたところでは、女房らしき女と小僧が震えている。

「あれ」

遺体の顔を見てすぐ、竜之助は首をかしげた。

「福川、どうした？」

矢崎が訊いた。

「いえ、見覚えがあったので。文治、ほら」

「え？　ああ、昨日の犬の葬儀に来ていた男？」

「そうだよ。甲州堂のおかみさんと話していた男だ」

そのやりとりに、矢崎が、

「犬の葬儀？　なんだ、そりゃ？」

「いえ、じつはですね……」

文治が説明した。

「なんだよ。珍事件の臭いがしてきたな」

「そんなことはないと思います」

竜之助は小声で否定した。だいいち、遺族を前にして、嬉しそうに珍事件はないだろう。

「いや、する。福川、おめえ、やってみな」

「でも、おいらは見習いですから」

矢崎は面倒臭そうなので、避けようとしているのだ。先輩同心だが、事件のえり好みはまずいのではないか。

勇気をふるって忠告しようとしたら、

「じつは、おめえはもう一人前だから、正式な定町廻りにするという話が出てるんだよ」

と、矢崎が言った。

そんな話は初耳である。

「ほんとですか」

声が震えた。

「だから、すべて仕切ってみな」

それを聞いたら、やる気が違う。正直、この一年ほどは、もうそろそろ見習いという字をはずしてくれてもいいのではないかと期待していた。

「わかりました」

遺体には悪いが、つい勢いこんで顔を近づけた。

女房にざっと話を聞いたところでは——。

殺されたのは、この店のあるじの才蔵《さいぞう》。どことなく貫録みたいなものがあったが、まだ二十八歳だった。

死んでいるのが見つかったのは朝になってからだが、殺されたのは夜中だったらしい。客が来ていて、その客はいなくなっており、店の戸口は心張棒《しんばりぼう》が下りていなかった。

手代は通いでもう帰ったあとである。

女房と小僧は二階で寝ていて、なにも気づかなかったという。

「夜中に客を入れ、静かに商談をしていたってわけか」

「変ですね」

文治はうなずき、そのことを女房に訊いた。

「あんた、客にお茶くらい出してもいいんじゃねえのか？」

「つねづね商売には口を出さなくていいって言われてましてね」

「この店はいつできたんでえ？」

「三月前になります。それまでは、甲州堂という店で番頭をしてました」

番頭といったらあるじの片腕、手代のまとめ役でもある。二十八でその大役がこなせていたのだから、かなりやり手だったのだろう。

「女房になったのは？」

「それも三月前です。芸者をしてて、この人から三味線を一棹買ったのが付き合いのはじまりでした」

芸者だったら、三味線とか音曲にくわしい。本当なら商売に口も出したかったのではないか。

「店を閉めてから商談をするなんてことはよくあったのかい？」

と、竜之助が訊いた。

「ときどきはあったみたいです」

「あとで帳簿はすべて見せてもらうよ」

と、竜之助は言ったが、あまり期待できない気がする。

竜之助は、店の中を見た。

甲州堂に比べたら、五分の一ほどもないだろう。

琴や太鼓などはほとんど扱っていない。

三味線と笛が中心である。外の看板にも、「三味線　笛」とだけ書いてある。

「商売はどうだったい？」

「ええ。順調だったみたいですよ。前から両国界隈《かいわい》の芸者たちには顔も知られてましたし」

女房はちょっとヤキモチを焼いたような顔で言った。

さっきから、犬がうろうろしている。

狆が混ざったようなおかしな犬である。死んだあとしか見ていないが、なんだか毛の色合いが甲州堂のぺろに似ている気がする。

五

調べも一段落して、外のようすを見ようと店から出ると、向こうから甲州堂のおかみがやって来た。

もう報《しら》せが行ったのか。

だが、弔問に来た恰好《かっこう》ではない。

おかみは竜之助と文治がいるのを見て、

「なにかあったんですか？」

不安そうに訊いた。

「才蔵が殺されたんだよ」

と、竜之助は言った。

「えっ」

さっと顔が蒼ざめ、しばらく言葉も出ない。

「下手人は？」

「逃げちまった。まだ誰かはわからねえんだ」

「そうなんですか」

「おかみさんは、なにをしに？」

「いえ、ちょっと犬を見に。才蔵から昨日、犬を飼ったと聞いたもので」

「ああ、そこにいるやつでしょ？」

ちょうどのそのそ出てきたところだった。

甲州堂のおかみはふいに真剣な眼差しになり、出てきた犬をじいっと見た。

やがて、すっと表情がやわらぎ、そばに行って、犬の頭を撫《な》でた。

「かわいいわね」

犬も人なつっこいらしく、撫でられるうちにゴロンと横になって腹まで見せた。犬が信頼の気持ちを見せたのだ。

「ぺろに似てますね」

と、竜之助は言った。

「ええ。ぺろの弟なんですよ」

「そうだったんですか」

昨日、ぺろの葬儀のときに才蔵と話していたのは、そのことだったのか。

それにしては、深刻そうな顔だった気がする。

「じゃあ、これから葬儀でしょうから、あたし、着替えてきます」

おかみはそう言って、急いで引き返して行った。

「福川さま。まさか、昨夜の客はあのおかみさんだったなんてことは？」

「そりゃあねえだろう」

首についていた絞めた痕《あと》は、もっと大きな手によるものだった。

「ただ、気になるよな」

「なにがです？」

「葬儀のときの二人のようす。ぺろの墓が荒らされたこと。そして、ぺろの弟だということこの犬……」

「どう、つながるんでしょう？」

「さあな」

いまのところ、さっぱりわからない。

六

検死の役人が来ていて、遺体の調べも終わったらしい。

仏を早桶におさめ、葬儀の準備がはじめられる。

近所から手伝いの女たちが来ているので、竜之助は女房を部屋の隅に呼び、さらに詳しく才蔵の話を聞いた。

「才蔵さんという人はどんな人だったんだい？」

「女にはやさしかったですよ」

と、女房はうっとりした顔をした。だいぶ惚《ほ》れていたらしい。

「言葉づかいも丁寧《ていねい》で、この人は実《じつ》があるなと感じさせるのはうまかったですね」

ちょっと雲行きが怪しい。

「うまかった？」

「ええ。ふりをするのがね」

「じっさいもそうだったんだろ？」

「どうなんでしょう」

と、女房は首をかしげた。

「まだ、いっしょになって三月しか経っていないのですが、浮気をするにしても、あの人はうまくやったかもしれませんね」

「ふうん」

「あの人、ものごとにあんまり夢中になったりはしなかったんです。それは惚れたはれたでもそう。女も役に立つか立たないかで見ていたんじゃないでしょうか」

「……」

竜之助の不得手な話である。男と女の行き違い。もっとかんたんには行かないものだろうか。せめて、大好き、好き、嫌い、大嫌いの四種類くらいに。

だが、そうは行かないことも想像はつく。微妙で微細な人の心。

「計算ずくなのかも」

「だが、そんな冷静な亭主も、あんなふうに殺されちまった」

「ほんとですね。どこかで計算違いがあったんでしょうね」

夜中に商談をしていて、けっして大きな声を出したりもせず、首を絞めて殺された。

やっぱり変だろう。

「犬はどこにいたんですか？」

「犬？」

「ええ。二階でおかみさんといっしょに寝てた？」

「いいえ。あたしは犬なんかといっしょには寝ませんよ。うちの人のそばにいたんじゃないですか」

「吠えなかったかい？」

「ああ。吠えたりはしてなかったみたいですね」

犬が夜に家の中で吠えたりしたら、かなりうるさく感じられる。気がつかなかったとしたら、やはり吠えなかったのだろう。

「最近、飼いはじめたんだってな？」

「ええ。まだ、十日もしないはずです」

「どこでもらってきたんだい？」

「さあ。知り合いからとしか」

女房は首をかしげ、

「あの人のこと、ほとんど知らなかったみたいですね」

と、情けなさそうに微笑《ほほえ》んだ。

七

お通夜のしたくで慌ただしくなった〈とてちん屋〉を出ると、文治とともに甲州堂に向かった。お通夜に出てくるまでは、もうすこしかかるはずである。急いで訊いておきたいことがあった。

甲州堂のおかみは、客の相手をしているところだった。

ちょっと離れたところに座り、客とのやりとりを聞いた。

どうやら、愛用してきた笛の調子がよくないので、新しい笛を買いに来たところらしい。

おかみは客の笛の音色を聞いて、

「ちょっと音がおかしいわね。かすかにひびが入ってると思うわ」

「ひびですか」

「こっちと吹き比べてみて」

「はい」

「ほら。やっぱり変」

と、明かりに透かすようにすると、やはり小さなひびが見つかったらしい。

「凄《すご》い耳ですね」

「これくらいわからないんじゃこの商売はできないわよ」

客は感心し、新しい笛を買っていった。

手が空いたのを見計らい、

「才蔵は三月前に独立したんだそうだね？」

と、おかみに訊いた。

「そうなんですよ」

「まだ若かっただろ？」

「ええ。でも、近ごろじゃ若くて店を出すのがめずらしくありませんよ。時代が慌ただしいせいですかね、みんな生き急いでいるみたいで。才蔵があんなことになったのも、そういうのも関係あるんじゃないかしら」

「たしかにそうかもしれねえな」

竜之助もうなずいた。

竜之助自身も焦って生きているかもしれない。勝負を避けられないにしても、早く決着をつけようとするところがある。

「なんか揉《も》めたりしたことはなかったのかい？」

「あたしとしてはうちの店にもうちょっといてもらいたかったけど、それで喧嘩になったりということはなかったですよ」

「どういうやつだったんだい？」

「そりゃあやり手でしたよ」

「死んだ者の悪口は言いたくないですが、地道な商いをめざすような男ではなかったですね」

「へえ」

八

翌朝――。

竜之助は、〈とてちん屋〉の才蔵殺しの調べに出る前に、ぺろの墓のことが気になり、文治のところに寄ってから、いっしょに大海寺へ向かった。

門のところで狆海が朝から機嫌よさそうに掃除をしていた。にこやかな小坊主と豆腐のみそ汁くらい朝にふさわしいものはないのではないか。

「なにか変わったことはなかったかい？」

「はい。お墓など悪戯されるようなことはなかったです。ただ……」

「どうしたい？」

「この界隈で、怪談話が出回っているらしいんです。和尚さんに言ったら、夏だから仕方がない、風物詩みたいなもんだと。でも、わたしはなんとなく気になるのです」

「へえ、どんな話だい？」

「夜中に墓をあばく者がいて、掘り起こしたら、人が犬になっていたというのです」

「怖いね」

「はい。でも、怖いけど、これってぺろの話じゃないですか」

「そうだな」

掘り起こす前から犬だったが、まさか犬を人の墓地に埋めると思っていなかったら、人が犬になったと思うかもしれない。

「でも、この怪談には二通りあるんです」

「二通り？」

「墓をあばく者が、女の場合と、老いた乞食《こじき》の場合と二通りなんです」

「へえ」

と、竜之助は考え込んだが、すぐにぱちんと指を鳴らした。

「それでわかった」

「なにがです？」

「たぶん、墓をあばくところを見た人たちがいるんだ。それで、あばいている人が違っていたから、二通りの怪談になった」

「違っていた？」

「最初に墓をあばいたのは、甲州堂のおかみさん」

あれがぺろの墓だと知っていたのは、この寺の者以外では甲州堂のおかみだけだった。だから、やはりおかみのしわざだったのだ。

「旦那。ちょっと待ってくださいよ。あのときのおかみさんの顔は、ほんとに驚いた顔でしたぜ」

と、文治が口をはさんだ。

「おかみさんはあばいたあとに墓を埋めもどした。だが、それを見ていた乞食らしき人が、中になにが入っているんだろうと、もう一度あばいた」

「ははあ」

「でも、中にいるのはぺろの遺骸だけだから、そのままうっちゃって、どこかに行ってしまった。あとから駆けつけてきたおかみさんは、ちゃんと埋めもどしておいたはずの墓がまたあばかれていて仰天した」

「なるほど」

と、それは納得したが、

「でも、おかみさんはなんでそんなことをしたんです？」

「ぺろが贋物《にせもの》かもしれないと疑ったからじゃないかな」

「贋物？」

「うん。とてちん屋に狆の血が入った犬がいただろう。じつは、そっちが甲州堂から連れ去られたぺろで、急死したのは贋物と、望みもあってそんなことを想像した」

「じゃあ、あのときとてちん屋に来たのは？」

「墓は確かめたけど、やっぱり、とてちん屋のほうの犬も自分の目で見たくなったんだろう。あのときの、真剣な眼差しはそのせいだったのさ」

「でも、まるで違っていたとわかったんですね」

「ああ」

いくら似ていても、飼い主が見ればすぐにわかる。

「まさか、犬にまつわる恨みつらみで起きた殺しなんてことじゃ？」

「それは違うよ。たぶん、ぺろというのは、かわいいだけじゃない犬だったのさ」

九

竜之助と文治は、甲州堂に向かった。

「また、犬のことを訊きたいんだがね」

「まあ、なんでしょう」

と、おかみは怪訝そうな顔をした。そんなことより、才蔵殺しの下手人を探さないんですかと、胸のうちの声が聞こえるような表情である。

「あれは、本所松坂町《ほんじょまつざかちょう》の亀松《かめまつ》という三味線づくりの職人のところから引き取ったんです。二年前、亀松さんが亡くなったとき、寂しそうにしてたんでね」

とのことだった。

そのときは、もう四つか五つになっていたという。

犬は人間より早く育ち、早く老いる。四つか五つというと、人間にしたら立派な大人といっていいだろう。

甲州堂ではそれだけを確かめ、この前、文治が訊きそびれてしまった犬の評判を、近所で訊いてみた。

噂によると——。

　おかみはもらってきた犬を溺愛《できあい》し、いっしょに寝たり、食うものも口移しで与えたりしていた。近所の者の中には、「気持ち悪くて見てはいられなかった」などと言う者もいたくらいだった。

　ああいう犬の飼い方を憎む者もいた。

「あのおかみさんは駄目ですね」

「どうしてだ？」

「たかが犬ですよ。それを人間よりも大事みたいに扱ってちゃ駄目でしょうよ。まわりの人間が、自分は犬以下かいと思っちまう。それでは店はやっていけなくなります」

　そのわりに、ちゃんと繁盛している。おそらくたいがいの人間は、犬を溺愛する人を見ても、自分が犬より上だとか下だとかは考えないからだろう。

　ざっと近所の話を聞き、それから両国橋を渡った。

　本所松坂町の亀松の家では、まだ弟子の亀三郎《かめさぶろう》という男が三味線をつくっているという。

「旦那……」

　橋の上で、文治が不思議そうな顔をした。

「どうした？」

「あっしらはいま、才蔵殺しの下手人を追ってるんですよね」

「当たり前だろ」

「それが、犬の素性を確かめに？」

「たぶん、そこらが糸口になるのさ」

竜之助は愉快そうに笑った。

十

「はい。ぺろはここで死んだ師匠が可愛がっていた犬でした」

そう答えた亀三郎は、身体が大きなわりには気の弱そうな男だった。才蔵のお通夜にもちらりと顔を出したが、すぐに帰ったので、竜之助とは行き合わなかったらしい。

「どんな犬だったのかね？」

「おとなしい犬でしたけどね」

亀三郎は犬などあまり興味はなかったらしい。

「殺された才蔵がもらっていった犬も、ここの犬かい？」

「いや。あれはぺろの兄弟がこの近所にいたので、そっちを買い取っていったみたいですよ」

「買ったのかい？」

「たいした値じゃなかったみたいですが」

亀三郎は手を動かしつづけながら答えている。

「ここの三味線も甲州堂が扱うくらいだから一流なんだろ？」

竜之助は仕事場を見回しながら訊いた。

「師匠の柳川《やながわ》亀松がつくるものは一流どころか、名人の名にふさわしいものでした。あっしなんか、まだまだ足元にも及びません」

「そりゃあ謙遜《けんそん》がすぎるだろう」

「いいえ、謙遜じゃありません。ただ、お師匠さまの三味線はいまや贋物が多くてたいへんなことになってるんです」

「ほう。贋物がな」

竜之助はうなずいて、文治のほうをちらりと見た。

糸口をつかんだぞという顔である。

「うちの師匠は三味線を生涯に百棹足らずしかつくっていなかったのです。ところが、いま、世の中にある亀松作の三味線は二百棹ほどあるのです」

「ということは、半数以上は贋物か」

「贋物でも高く売れますので」

「どれくらいするんだい？」

「一棹二十両」

「へえ」

裏長屋の家族が二年ほど食えてしまう。

「また、よくできているんです。あっしでさえ区別がつかないような贋物もあるくらいです。見た目ではまずわかりません」

「よくもそんな精巧な贋物ができるもんだね」

「不思議です。皮の裏の透かしまでそっくりなやつが入ってるんですから」

「皮の裏の透かしって何だい？」

竜之助が訊くと、亀三郎は奥のほうから大事そうに三味線を持ってきて、

「これは一棹だけ残っている本物ですが、この三味線の皮に裏から亀と松の判を押してるんです。ふつうには見えませんが、強い光に当てながらかざすと、ほら、うっすらと見えるでしょう？」

「あ、ほんとだ」

「これまで真似されたら、ちょっと判断できませんよ」

「では、見破ることはできねえのか？」

「音しかありません」

「音ねえ」

「はい。音で真贋《しんがん》を判断しますが、これが難しい」

「どう違うんだい？」

「師匠の三味線は、せつない恋ごころの音色なんです。じっさい、師匠はその音を出したいんだと」

「せつない恋ごころの音色。そいつは難しいねえ」

それは、きゅんきゅうんといった感じなのか。ぐっと胸が詰まるような音なのか。ちょっと想像がつかない。

「そうなんですよ」

「それで出してみてくれないかい？」

「いや、弾く腕もありますから、あっしがやってもわかりませんよ」

亀三郎は慌てて手を振った。

「ここで売ってたのかい？」

「ここと、それからずっと昔から付き合いがあった上野松江堂《うえののしょうこうどう》さんと、甲州堂さんと二軒だけに卸してました」

「あんたのも甲州堂には卸してるんだろ？」

「いちおう昔からの伝手《つて》ですので、あっしのも置いてはくれますが、値のほうは師匠とは比べものになりませんよ」

亀三郎はそう言って、恥ずかしそうにした。

「弟子はあんた一人だけかい？」

「いや、兄弟子がいました。鶴二《つるじ》さんといって、師匠が亡くなると、ここを出て独立してしまいました。甲州堂の才蔵とは親しくしてましたよ」

「才蔵とな」

竜之助はもう一度、文治の顔を見た。

鶴二の住まいを訊くと、あとで知らせると言ったまま、まだ連絡がないのだという。

「いろいろ邪魔してすまなかったな」

と、竜之助は立ち上がったが、

「ところで、亀松の三味線の音ってのは、甲州堂のおかみさんあたりも間違うかな」

戸口で振り返って訊いた。

「いや、あのおかみさんは耳がよくて、贋物と本物の違いを聞き取れるみたいです」

「さすがだな」

そう言って、外へ出た。

竜之助は颯爽《さっそう》と歩き出しながら、

「文治。贋物がらみだな」

「ええ。鶴二ってえのがいなくなってるのも気になりますね」

「そこにぺろがからんで、大事な道筋を教えてくれたんだ」

「ぺろが?」

「位牌の戒名を覚えていないかい?」

「なんでしたっけ?」

「甲州堂好耳辺路之霊とあったんだよ。それくらい、耳がよかったのさ」

「はあ」

「亀松の三味線の真贋は、たぶん飼い犬だったぺろがわかったんだよ」

「えっ。そりゃあ、犬は人間よりはるかに耳はいいみたいですが、亀松の三味線の音色はせつない恋ごころだって言ってましたぜ。犬が恋ごころをわかりますかね？」

と、文治が呆れたような声で言った。

竜之助は嬉しそうに笑って、

「わかったんだな。粋な犬だったんだよ」

十一

「おかみさん。言いたくないことがあるのもわかります。だが、おいらが訊くのは殺しの下手人を捕まえるためなんです」

と、竜之助は甲州堂のおかみに言った。

「はい」

「それに、おかみさんが知っていることは、おそらくほんの一部なんでしょう。だが、正直に答えてもらわなくちゃ困りますぜ」

「わかりました」

おかみは口をきゅっと結び、覚悟したようにうなずいた。

「殺しの背後にあるのは、亀松の三味線の贋物です」

「まあ」

「その真贋を見破ることができたのは、おかみさんじゃなく、じつは死んだぺろだった?」

「そのとおりです」

と、おかみはうなずいた。

琴や笛、鼓などの良し悪しは音だけでわかった。

だが、どういう耳の加減なのか、三味線の音を聞きわけるのが難しいのだという。

それをあるとき、ぺろにはわかることに気づいた。

「柳川亀松がつくった三味線だと、ふだんは垂れている耳をこう丸くするようにして、尻尾《しっぽ》を千切れるばかりに振るのです。ほかの三味線では絶対にこんなことはしません」

以来、柳川亀松の三味線はぺろの耳を頼ることになった。

だが、甲州堂のおかみは犬の力を借りて真贋を判断するなどということは、世間に知られてはならない。

そのことは、おかみだけの秘密だった。

「それで、訊きたいんですが、ぺろの葬儀のとき、おかみさんと才蔵が、深刻な顔で話していましたよね。あれはどんな話だったんですか？」

「才蔵が、亀松の三味線の真贋を判定するのはやめたほうがいいと言ってきたんです」

「ほう」

「でも、あたしの耳を信用してくれて三味線を持ってきてくれるんだから、断れっこないと言いました。すると、おかみさんはほんとに音で真贋がわかるんですか？　と、そう言うんですよ」

「気づいたんですか？」

「はっきり気づいたわけじゃなく、なんとなく変だと思ってたんでしょうね。それで、才蔵もあの近くでぺろの兄弟を見つけてきたんだと」

「それでおかみさんは、もしかしてそっちがぺろかと疑った？」

「まあ」

おかみは、墓のことを知られたと思ったのか、怯《おび》えたような顔になった。

「だが、そっちのことはいいんです。ま、おかみさんのあとに、それを見ていた乞食が何かあるのかと掘り返したわけです」

「そうだったので」

「見分ける方法はともかく、才蔵は亀松の三味線の贋物を売って大儲けをたくらんでいたのです」

「そうだったんですか。でも、亀松の三味線の贋物はほんとによくできてますよ」

「そうらしいですね。それは、亀松の工房でつくられていたからなんですよ」

「どういうこと？」

「いちばん弟子に鶴二という男がいたのです」

「ああ、一、二度、会ったことがあります。たしか、才蔵とは親しかったはずですよ」

「その鶴二がおそらく、あそこで売るときやお得意さまに運ぶときに自作の贋物とすり替えたりしていたんです。皮の裏の判など、内部にいないとてもつくれないような贋物ですからね」

「まあ、そんなだいそれたことを」

「それで、贋物を出した分、本物が残る。これを鶴二はそっと横流ししたり、自分でも隠しておいたりした。おそらくそのことを、才蔵が鶴二に問いただしたりしたんじゃないでしょうか。あるいは、安く渡さないと、秘密をばらすと脅したとか」

「才蔵というのは胆《きも》の太いところがありました。それくらいの脅しはしたかもしれませんね」

おかみはそう言って、ぶるっと身体を震わせた。

「おいらたちは鶴二の足取りを追っていますが、もしかしたら鶴二はこちらに姿を見せるかもしれませんよ」

「どうしてです」

「亀松の三味線の贋物が有名になりすぎたからです。鶴二が手持ちの本物を処分しようとしても、いまやかならず贋物を疑われる」

「そうでしょうね」

「本物として売るには、甲州堂のおかみさんの太鼓判がもっとも信頼されている」

「まさか」

「ええ。おかみさんの太鼓判が欲しさに、三味線を持ち込むか、あるいはここで売ってくれるように頼むかするかもしれません」

「でも、ぺろがいなくなったいま、あたしだってもう自信がありません」

「それはどっちでもいいんです。ただ、ここで鶴二が来るのを待ち伏せさせてもらいてえと思ったんです」

竜之助の依頼に、甲州堂のおかみは目を丸くした。

十二

「これなんですけどねえ」

鶴二の話し方は、語尾がやわらかく煙るようになるのが特徴だった。加えて、声音は穏やかで、ゆっくりした口調で話す。これなら、誰もがつい、気を許してしまうだろう。

とてちん屋の才蔵が、二階で寝ている者にさえわからないうち、夜中に首を絞められたのも、この話し方のせいだったのではないか。

怒り出しそうもない。こっちが強く出れば、たちまち妥協しそうに思える。

「あら。亀松さんの三味線じゃないの?」

「ええ。たぶん、本物だと思うんです。それで、おかみさんに判定してもらおうと思って持ってきました」

「まあ、あたしなんか」

「そんなことはない。おかみさんのお墨付きさえあれば、これの価値は保証されます」

「あたしにそんな信用がありますかね」

そう言いながら、甲州堂のおかみは鶴二が持ち込んだ三味線を手に取った。軽く爪弾《つまび》きする。

「あれ？」

首をかしげた。

「どうしました？」

鶴二はちょっと不安げに訊いた。ひどくおどおどした感じになる。

「ちょっと待ってね。バチで弾いてみるから」

今度はもっと強く、ぺんぺんぺんと弾いた。

「あ、違う」

「ち、違うって？」

「これ、贋物よ」

「そんな馬鹿な」

「どうして。あたしが言うんだから、まちがいないわよ」

おかみは、ふんと鼻を鳴らした。

鶴二はしばらく沈黙し、さらに低い声になって言った。

「おかみさん。これは本物にまちがいないんですって」

「そんなわけない」

「これはあっしが師匠のところからじかに持ち出したものなんですから」

「だったら盗んだことになるわね」

「ええ。そういう品なんです。あっしは、このほかにあと七棹持っているんです」

「そんなに」

「だから、おかみさんの太鼓判が欲しいんです。箱書きを添えてもらいてえんです」

「でも、本物と思えないんだもの」

「わからねえ人だな。あっしがここまで打ち明けてもわからねえんじゃ……才蔵と同じ目に……」

　鶴二が手を伸ばしたとき、おかみの後ろの屏風が倒れて、竜之助と文治が顔を出した。

　竜之助が十手を突きつけ、

「おい、鶴二。すべて聞いたぜ」

「げっ」

「才蔵殺しまで白状してくれてありがとよ」

　鶴二はすぐに観念した。

　後ろ手に縄を打ち、奉行所まで連行しようと外に出たとき、

「あたし、やっぱりわかるみたいです」

　と、おかみが言った。

「なにがです？」

「本物の音。さっき、あの亀松の三味線を弾いたら、ぞくぞくって鳥肌立ったもの。ぺろが本物を教えてくれてるあいだに、あたしの耳も肥えたのかもしれませんね」

　と、おかみは嬉しそうに言った。

十三

――なんだろう……。

福川竜之助はすこし緊張した足取りで、奉行所の裏手のほうへ向かった。

裏手は町奉行の私邸になっている。こっちにはほとんど来たことがない。

奉行に呼び出されたのである。

しかも、竜之助一人だけで。

奉行所とは裏手の廊下一つで通じていて、あいだにはとくに見張りのような者もいない。

奉行所の私邸といっても、とくにいかめしいわけではない。ごくふつうの屋敷で、同心たちのかわりに奥女中たちが行ったり来たりしている。

ただ、こっちの庭には水がまかれてあり、表のほうよりだいぶ涼しい。

「よう、お出《い》でか」

竜之助の顔を見ると、南町奉行の松平石見守《まつだいらいわみのかみ》が笑顔で招いた。

このところ、町奉行は頻繁に替わる。竜之助を見習い同心にしてくれたのは小栗忠順《おぐりただまさ》だったが、それからすでに三人ほど替わった。

いまの奉行も欧州を見てきたくらいだから、頑迷な保守派ではないらしい。しかも、松平石見守の隣りには、小栗忠順もいるではないか。

――もしや。

という思いが、頭の隅をよぎった。矢崎がちらりと話していたこと。

「さ、そこへ」

前の席を勧められ、きちんと正座した。

「じつはな」

「はい」

「そろそろ見習いではなく、正式に町廻り同心にしてはというのだ」

「ありがたき幸せ」

こういうときは遠慮などしてはいけない。いちばん望んでいた言葉である。相手の気が変わらないうちに、すばやくその言葉を懐に入れてしまうのだ。

「竜之助さまの一途《いちず》なのにはまいりましたな」

松平石見守は言った。

「申し訳ありません」

「だが、あくまでも周囲や町人たちには知られずにいることが条件ですぞ。それが知られたら、わたしどももかばいようがありません」

「わかりました」

竜之助はうなずいた。笑みがこぼれそうになるのを、歯を食いしばって我慢する。

小栗忠順がわきから笑い顔で言った。

「そんなに嬉しそうな顔を見ると、わたしも町方の同心になってみたくなりますな」

十四

その翌朝である。

やよいは城内の田安家の屋敷を訪ねていた。

「どうだった、若のようすは？」

と、支倉辰右衛門が訊いた。

「そりゃあ、もう。晩ご飯を終えると、ずうっと嬉しそうに十手を磨いたり、べらんめえ口調の稽古をしたりしてましたよ」

やよいは笑いながら言った。だが、昨夜はそのようすにそっともらい泣きしたほどだった。

「かわいいのう」

支倉だって、自分が出世したような顔になっている。

「はい。でも、いままで見習いだったということ自体、ご身分のせいでしょう。ほんとなら、もっと早くに正式の同心になれたはずなのに」

いったいいくつ手柄を立てたことか。だが、見習いということで、ほとんど無視されてきた。

竜之助の手柄を認めているのは、与力の高田九右衛門《たかだきゅうえもん》くらいである。しかも、高田の発言力ときたら、奉行所でもほとんど無と言っていい。逆に、高田が竜之助をほめるため、見習いの文字を外す話は遠ざかっていたほどだった。

「なんだ、やよいまで文句を言うのか」

「支倉さまも、もう諦められたほうがよろしいのでは」

「そうはいかぬ。あれだけの逸材を、天下のために役立たせなくてどうする」

なんとか幕閣の一員にと、つねづね下工作をつづけているのだ。

「でも、当人にその気が……」

「さて、これで尾張はどう出てくるかな」

支倉は将棋の次の一手でも考えるような顔をした。

「なんだったのでしょう？」

このところ急に、尾張の筋から田安家の竜之助を重要な地位にという声が高まっていたのだ。尾張が推薦するなど、異例のことだった。

「やはり、秘剣がらみであろう」

「同心相手に戦っても、尾張の名誉にはならないというのですね」

「それしかあるまい」

「それで竜之助さまを表に出しておいて」

「幕政のことかなにかで口論となる。そうしたうえで、お城のどこかで立ち合いとなる」

「そのあとは？」

「お城での刃傷沙汰だ。むろん、お咎《とが》めはある。向こうが考えるのは、若を倒し、ひとまずは捕われの身となり、沙汰を待つ。そのあいだに、幕政の主導権を取り、天下は尾張のものに。そして、立ち合った相手もそのまま幕閣の一員におさまる……こういった筋書きだったのではないかな」

「まあ」

やよいは手を胸に当てた。聞いただけで動悸《どうき》がしてくるほどの筋書きである。だが、お城の上のほうというところは、そういう筋書きをいともたやすく実行したりするのだ。

竜之助の居場所は本来そうしたところなのだと思うと、やよいはますます不憫《ふびん》に思えてしまうのだった。

十五

「徳川竜之助が正式に町方の同心になっただと？」

徳川宗秋が眉《まゆ》をひそめた。

この日は、市ヶ谷《いちがや》の高台におよそ八万坪を占める尾張藩上屋敷に来ていた。広大な池のほとりにいるが、木立から降ってくる蝉しぐれのやかましさは、話し声の邪魔になるくらいである。

矢野千之輔は、その蝉の声に隠れるように、聞き込んできた話を報告した。

「田安の家でも、あのお方の変人ぶりに愛想をつかしたのかもしれませぬ」

「あるいは、竜之助が同心になってしまったほうが、むしろ風鳴の剣は安心だと見たのかもしれぬ」

「そこまでの策を立てられる者が？」

「田安家の用人で支倉辰右衛門というのがいる。小栗上野介《こうずけのすけ》の縁戚に当たるらしい。しらばくれた爺《じじ》いだが、じつは切れるという噂もある」

「そうでしたか」

「あのあたりが書いた筋書きかもしれぬ」

藩邸の保守派を押し切って、宗秋は数人の幕閣の知り合いに、田安家の竜之助を表に出すべく運動したのである。

だが、竜之助は表に出るのを頑《かたく》なに拒んでいるという。

それほど拒むなら、きちんと理由を説明させるべきということで引っ張り出すよう、戦略を示唆《しさ》したばかりだった。

「こうなると、徳川竜之助を斬っても、単なる町方同心が斬られて死んだということになってしまうのでしょうか」

「だったら、炙《あぶ》り出してやればいいのさ」

「炙り出すというと？」

「福川竜之助は、じつは田安の徳川竜之助だと、町方の連中の前で明らかにしてやればよいではないか」

徳川宗秋はそう言って、薄く笑った。
炎天下である。しかしこの男は、汗ひとつかいていない。

第二章　生首の罠

一

「おい、どいてくれ」

文治が野次馬たちをかき分けた。

「町方がきたぜ」

と、野次馬たちのささやきが聞こえた。

福川竜之助は十手を右手でくるくるっと回しながら、文治がつくった通り道から、野次馬たちの真ん中に出た。

「まあ、ようすのいい同心さまだこと」

「あの十手扱いを見た？」

「ああ、あたしもあんなふうに、指先でくるくるっと回されてみたい」

そんな声もした。

「おう、すまねえがもうちっと後ろに下がってくんな」

竜之助はやわらかい口調で野次馬たちに言った。

皆、言われたとおりに数歩ずつ後ろに下がった。

もう見習い同心ではない。れっきとした定町廻り同心として、この場を仕切らなければならない。大滝も矢崎もついてきていない。

ここは深川もはずれのほうの元加賀町《もとかがちょう》である。

見習いではなく、正式な定町廻り同心になって、本所深川を担当することになった。

深川は、江戸の中で町人の人口がいちばん多いところである。たいへんだが、やりがいはある。

日本橋界隈や神田あたりでは、だいぶ顔も売れてきていたが、こっちではほとんど知られていない。まずは、町人たちに顔を知られ、親しまれたり、信頼されたりしなければならない。それが悪事を抑制するはずなのだ。

そのためには、見た目のよさや、ちょっとした動きの恰好《かっこう》のよさも大事なはずである。竜之助自身、最初に町方同心に憧れたのもそこがきっかけだった。

「これか」

竜之助は騒ぎの元を指差した。

「ええ。こんなふうに置かれると、ますます薄気味悪いですね」

狐の生首が、武家屋敷の門前に置かれていた。きちんと白木の三方《さんぼう》の上に載せられて、いかにもわけありげである。

狐というのがいっそう不気味な想像をかきたてる。これがまぐろの頭だったりしたら、なにかめでたいことでもあったのかと思うかもしれない。少なくともこまでの騒ぎにはならないだろう。

これがまた、微妙な位置に置かれていた。

門前だが、武家屋敷の敷地ではない。通りの中である。

だが、これを見る者はかならず屋敷の門を視線の中におさめる。

門番も弱っているらしい。

自分たちが片づけたりしたら、いかにもこの屋敷と関わりがあると思われる。

だが、うっちゃっていたら、こうして野次馬がとっかえひっかえやって来て、この屋敷との関わりを詮索《せんさく》していく。

そのうち、瓦版にも書かれ、江戸中知らない者もない醜聞となっていくだろう。

「すっぱりやってますね」

狐の首をじっと見て、文治が言った。

「そうだな」

狐は処刑場の罪人のようにじっとしていたはずがない。

逃げるなり、駆けるなりしていたはずである。

それをここまですぱっと斬り落としたのだ。

「ただ、胴体のほうを見ないとなんとも言えないぜ。罠で弱ったやつを切り株かなんかに載せ、出刃の大きなやつですとんと落としたかもしれねえ」

「なるほどね」

文治は納得した。

断定するのはいましめなければいけないのだ。あらゆる場合を想定しつつ、真実に近づいていかなければならない。

「ここらは狐が出るかい？」

番屋から来た町役人《ちょうやくにん》に訊いた。

「出ます。こっちかたは町人地ですが、そっちの西側から北側にかけて、大きなお寺さまやお大名の屋敷がつづき、森みたいに木が繁っていたりします。寺の縁の下で狐や狸が子育てしてたなんてこともよく聞いております」

狐はいっぱいいても、こんなひどいことをする者は滅多にいないはずである。

それから竜之助はさりげなく野次馬たちを見回した。

ざっと二十五、六人。

視線を一人に止めたりせず、ざあっと見る。考えごとをするふりをしながら、あるいは文治と笑顔で話しながら、気になる者を脳裡に刻み込む。

一人、気になる男がいた。

暗い顔で武家屋敷の門の一部をじっと見ている。そこは門番たちが外を見張るところで、格子窓になっている。逆からすると、こっちからも中のようすが見えたりするかもしれない。

「文治。そっとたしかめてくれ」

「なんでしょう」

「おいらの右手の後ろに茶色の着物を着た若い男がいるだろ？」

竜之助はまるで反対のほうを見ながら、笑顔を装って言った。

「へえ」

文治もそうした芝居はお手のものである。

「あの男のあとをつけておいて、居場所やどういう男か調べてくれ」

「わかりました」

「それと、そっちも気になるな」

「ええ」

三方には、もう一つ、気になるものも載せられていた。

でんでん太鼓である。

「とくに変わったものじゃねえな？」

「どこにでもあるやつです」

と、軽く振ってとんとんと音を鳴らした。赤子を喜ばすもので、しゃべり始めるようになれば、こんな玩具では退屈してしまう。

「狐の首と、でんでん太鼓ねえ」

竜之助は腕組みし、小さくうなった。

二

文治は男のあとを追っていったため、竜之助は一人で元加賀町の番屋に寄った。あれ以上、道にさらしておいても、誰か取りに来るはずもないので、狐の首もいっしょに引き上げてきた。

竜之助の相手をしているのは、町役人と番太郎である。

定町廻りという仕事は、この町役人と番太郎という番屋の人たちとの付き合いがいちばん大事なのだ。

ふだんは市中をぐるぐる回って歩くが、それは番屋に声をかけ、町内におかしなことがなかったかを確かめるためである。

「なんか、あったかい？」

「いえ、なにも」

「じゃあな」

「ご苦労さまです」

たったこれだけで通り過ぎてしまうのがほとんどなのだ。

でなければ、広い江戸を南北の奉行所でそれぞれわずか四、五人の定町廻りだけで把握できるわけがない。

この番屋の二人とは、先日、挨拶をかねて話をしていた。

町役人は若い。たしか饅頭屋《まんじゆうや》のあるじで、ここの饅頭は深川の名物の一つになりつつある。

番太郎のほうは年寄りで、六十半ばほど。漁師あがりで、陽に焼けた肌は海から遠ざかってもまだ真っ黒いままである。

その番太郎が出してくれたぬるい茶を一口すすり、

「あそこはどちらの屋敷だ？」

「尾張さまの下屋敷です」

「尾張……」

なんだか嫌な感じがする。

小さな下屋敷だった。せいぜい二千坪くらいだろう。

御三家ともなると、下屋敷や抱え屋敷などをいっぱい持っている。尾張藩のものでは、戸山《とやま》にある広大な屋敷が、中に東海道を縮尺したようないっぷう変わった庭があることでも有名である。

だから、深川のこんなはずれに下屋敷があっても、なんの不思議もない。

「面倒だな」

つい、ひとりごちた。

大名屋敷の中のことはなかなか探りようがない。

だが、尾張藩の中にまつわることだとしても、外の人間が関わっているのはままちがいない。誰かがあそこに、狐の生首とでんでん太鼓を置いたのである。

なんらかの意図を持って。

「いままであの屋敷が町人たちともめたり、騒ぎがあったりということは？」

と、竜之助は訊いた。

いくら大名屋敷でも、横柄なふるまいがあれば、町人たちの反発も必至である。無礼者ではすまされなくなることだってありうるのだ。

「いやあ、そんなことはいままでなかったですね」

番太郎と顔を見合わし、若い町役人が答えた。

「誰がおられるのだろう？」

「ちらっと先の藩主さまのご側室だかがおられると聞きましたが」

「ふうむ」

こんなはずれに側室を置くというのも変な話ではないか。

三

まもなく文治がもどってきた。

「どうだった？」

「ええ、わりに近いところに住んでました」

「職人かい？」

「丈吉《じょうきち》という名の、腕のいい大工だそうです。稼ぎもなかなかだそうで」

「男っぷりもよかったな」

「女にももてるみたいです。ただ、ここんとこ、酒を飲んでは荒れて帰ることが多いみたいです」

「あの男かな」

「三方を置いたのがですか？」

「うん」

「問い詰めてみますか？」

「いや、やってないでおしまいだ」

狐の生首を道に置いたくらいでは、たいして罪にはならない。

しかも、証拠はない。

ひとまず、これで終わりになる話だろう。

逆に、変に刺激したりするのはよくないはずである。そっとしておけばおさまるものが、突っついてかえって悪事に走る例もすくなくない。未然に防ぐために接するにしても、もうちょっと事情を知ってからのほうがいい。

「あの屋敷になにがあるのかくらいは探っておくべきかもしれねえな」

と、竜之助が言うと、

「丈吉という男もおかしなことをしでかすかもしれませんしね」

文治もうなずいた。

「ただ、大名屋敷の中となるとなあ」

「面倒ですよね」

「出入りの業者あたりはなにか知っているかもしれねえが」

「洩《も》らさないでしょう」

「そうだな」

こういうとき頼りになるのは、竜之助が知っている男では一人しかいない。

支倉の爺《じ》い。

もちろん、いくら支倉が図々しくても、よその藩邸の中の秘密までは探ることはできないだろう。

ただ、出入りの業者を知っているかもしれない。御三家あたりに出入りする業者は、田安の家にも出入りしていたりするのだ。

そういえば、爺いとこの前会ったとき、おかしなことを言っていた。

「こうなったからには、若の仕事を応援します」

「なんか変だぜ」

「いや、これも若のため、江戸の平穏のため」

いままではそんなことを言ったことがない。口を開けば、早く田安の屋敷にもどれだの、幕政に参加すべきだの、そんなことばかりだった。

急に態度を変えたのは怪しいが、それでも役に立つものは立てたほうがいい。

やよいに連絡を頼むことにした。

四

翌朝――。
竜之助と文治は、尾張藩の下屋敷の門を見張ることができるあたりで、松の木に背をもたせかけて座っていた。竜之助は袴をつけて、浪人者のような姿になっている。

そのうち、にやにや笑いながら、爺いがやって来た。

「あれが待ち合わせた者だ」

と文治に言うと、

「どなたですか？」

不安そうに訊いた。

右半身と左半身がまるで違う化粧と着物になっている。いわゆる「片身替わり」と呼ばれる大道芸である。右の人物の台詞《せりふ》を話すときは右側を、左の人物の台詞を話すときは左側を見せて演じるのだ。

だが、これで正面を向いて歩いていたりすると、子どもが怖いと泣いたりする。

「得意の変装をしてくるように言ってくれ」

そう頼んでおいたら、よりによってこの片身替わりに化けてきた。

文治は支倉とは以前、何度か会っているはずだが、あまりにも突飛な変装なのでわからないのも無理はない。

とりあえず、遠い親戚で、ちっと変わった爺さんということにした。

「あんまりいろんなことは訊かないほうがいいぜ。なんせ急に怒り出したりするんだ」

「はあ」

「ちっと惚《ぼ》けが始まっているらしくてな」

「そりゃあまずいですね」

文治を松の木のところに待たせたまま、爺いのほうに近づいた。

「どうです、若」

「見事なもんだね」

「苦労しましたから」

右が桃太郎で左が赤鬼である。それは化粧もたいへんだったろう。

しかし、この変装は支倉という人物の素顔を隠すのには成功しているかもしれないが、見張ったり尾行したりするという本来の目的は見失っている。

「芸をやってみせろと言われたら、どうするんだい？」

「なあに、ちっと腹の具合が悪くなったとごまかしますよ」

「それにしても、目立ちすぎねえか？」

人通りはそう多くないが、それでも通り過ぎる人はみんな、じろじろ見ていく。

支倉はかなり切れるという評価もあるが、竜之助に言わせると所詮《しょせん》はお屋敷育ちで、世の中の機微はまるでわかっていない。

もっともそれを支倉に言えば、「若に言われたくない」と怒るだろう。

「そういえば、そうですな。着替えてきましょうか」

「いや、今日はそれでいいよ」

しばらく門の前に座って休んでいるふりをする。

やがて、少年を連れた坊主頭の男が屋敷の中に入った。

「あ、あれは宝井了庵《たからいりようあん》です。田安の家にも出入りしている医者です」

「家は知ってるかい？」

「ええ。江戸橋《えどばし》近くの青物町《あおものちよう》に住んでいます」

大名屋敷に出入りするくらいの医者なら裏店《うらだな》住まいではないだろう。

あの男にはくわしい話が聞けそうである。

宝井了庵が出て行くと、しばらくして越後屋《えちごや》の手代と小僧がやって来た。これは、長持ちの紋でわかった。

「越後屋じゃ訊いても答えねえな」

「でしょうね」

余計なことをしゃべったりすれば、出入り差し止めになってしまう。越後屋ほどの店の者がそんな馬鹿なことはするわけがない。

次にやって来たのは、経箱《きょうばこ》を背負った山伏《やまぶし》である。

「あいつはどうだい？」

「さあ、知らないやつですな」

支倉の爺いは首をかしげたが、これは文治に頼んで尾行させた。

つづいて、やけにせかせかした男が門をくぐった。

「いまのは清水《しみず》家の用人です」

「親しいのか？」

「わたしとは昵懇《じっこん》の仲です。なんかお遣い物を届けに来たみたいですな。あいつが出入りしているのは心強い」

「そうか」

「わたしが訊けば、教えてくれるはずです。あとで訊きに行きます」

「そいつは助かるぜ」

そうこうするうち、昼になった。腹も減ってきている。

「今日はこんなところかな」

「明日も来ますか？」

「いや、とりあえず今日の連中の話を聞いてからにしよう」

医者の宝井了庵、祈禱《きとう》をしていった山伏、それに清水家の用人の話を合わせたら、かなりのことがわかりそうだった。

五

医者の宝井了庵の話は竜之助、山伏は文治、清水家の用人は支倉の爺いとやよいが訊いた。

そのうえで、三人の話を突き合わせれば、かなりのことが明らかになるはずである。

そこで、八丁堀の役宅に集まった。

ただし、支倉がいっしょにいると、文治の手前まずいので、やよいが話を伝えてくれる。

「おい、始めるぞ」

竜之助が、台所にいるやよいに声をかけた。

「じゃあ、夕ごはんを食べながら」

と、やよいがどじょう鍋を運んできた。

「さっきからうまそうな匂いがしてたのはこれか」

「やよいさんはほんとに料理が上手ですねえ」

「暑いなかを歩きまわるんだから精をつけませんと」

それぞれの膳に、どんぶりによそったどじょう汁。たっぷりのねぎとごぼうが入り、上から玉子でとじるようにしてある。

あとは冷や奴にきゅうりもみに飯。

食べながら、話が始まった。

「あの屋敷にいるのは、前の藩主の側女《そばめ》らしいな」

と、まずは竜之助が言った。

「前のですかい」

「うん。名はお紺《こん》さまといって、深川で芸者をしていたそうだ」

「深川芸者ねえ」

文治が呆れたように言った。

吉原《よしわら》の一流の花魁《おいらん》がお大名に落籍されていった話は聞くが、深川芸者はあまり聞かない。

だいたい、深川芸者はお俠《きゃん》が売り物だから、言葉使いも荒っぽかったりする。

大名屋敷にはふさわしくなさそうである。

「どこのお座敷で見そめられたかは知らねえが、口説かれたあげく、中に入った。ただ、すぐに外に出たがり、泣き喚《わめ》いたり、暴れたりするようになったらしい」

「そうなんです。それも、ずいぶんな騒ぎようみたいです。医者も手がつけられねえと言ってましたでしょ？」

と、文治が言った。

「ああ。それで山伏を呼んだのだろう？」

「ええ。でも、あの山伏はひどいですね」

「ひどい？」

「でたらめの祈禱師ですよ、あれは。祈禱の方法というのは、てめえの裸踊りを見せるというものなんです。気味が悪くて、悪霊が退散していくんだそうです。あれじゃあ治るものも治らなくなる」

「そうか」

「でも、気はおかしくなっていても、さすがにきれいな女みたいです。ちょっと狐目の狐顔ですが、そのつんと澄ました感じがまた、たまらないんだとか」

「それで狐の生首なのかね」

竜之助は首をかしげた。

「泣き喚いたり、暴れたりするのは、子どもができたからなんですよ」

と、やよいが言った。清水家の用人がそっと打ち明けてくれた話らしい。

「そうなのか」

「子どもがねえ」

文治が声をひそめた。

「でも、その子は、前の藩主の子どもじゃないんですよ」

「相手は丈吉か?」

「おそらく。おおっぴらには言える話じゃないでしょうが」

「やっぱりねえ」

と、竜之助はつぶやいた。

「結局、上屋敷でも持て余し、とにかく落ち着かせようと、なじみのある深川の下屋敷に連れてきたみたいですよ」

「どうするつもりなんだろう?」

竜之助は三杯目のおかわりをしながら首をかしげた。

「あんなでたらめ祈禱じゃどうにもなりませんぜ」

「丈吉という人がなにをするつもりなのか、気になりますよね」

「狐の生首を置いた狙いだよな」

「まさか、屋敷の連中を脅してるなんてことはありませんよね」

「脅すか?　大名屋敷を?」

竜之助は信じがたいといった顔をした。

「そりゃあ、脅すといっても、大工がお大名を脅すくでなんてことはありえませんよ。でも、他言はしませんからとか言って、金をゆするくらいのことはできなくはねえでしょう」

と、文治は言った。

「お紺さままで話が伝わってるのかな」

「さあ、どうでしょう」

やはり、そこまでは誰も聞けなかった。

「丈吉は中のことをどれくらい知っているのかなあ」

と、竜之助はどじょう汁をおかわりしながら言った。

「中のことですか？」

「うん。こっちに来ていることは知ってるんだろ。どうしてわかったんだろう」

「それは、あまりにも泣いたり喚いたりしてるので、芸者時代の友だちを気なぐさみのため呼んだみたいです。そこらから話が洩れたみたいで」

と、やよいが言った。

「そういうわけか」

「子どもができたことも知ってるんですかい」

文治が訊いた。

「知ってるでしょう」

当然という口ぶりでやよいが言った。

「そのうえの狐の生首とでんでん太鼓かあ。こりゃあ、直接、丈吉にいろいろ話を訊いたほうが早いかな」

「でも、福川さま、変に丈吉を刺激してもまずいかもしれませんぜ」

昨日は竜之助がとめ、今日は文治がとめた。

「そうかな」

「あのへんのやつらに聞いたところでは、丈吉ってのはちっととんがった性格の男みたいです」

「そうか」

「それより、ここんとこ飲んだくれているみたいなので、酔ったところでさりげなく話しかけていろいろ聞き出すってのは？」

「なるほどな」

丈吉は酒好きである。

さっそく入り浸っている酒場を訪ねることにした。

六

若い大工が毎日通えるくらいの飲み屋である。もちろん、高級なわけがない。入口に酒と書いた赤ちょうちんがぶら下がり、縄のれんがかかっている。どちらも脂染みのようなもので煤《すす》け、べたついている。

中に入ると、腰をかける小さな樽が並んでいる。

つまみなんぞは出ない。頼めば手のひらに塩を載せてくれる。これを舐《な》めながら飲む。そういう飲み屋である。

樽はすべてふさがっていて、あとはみな、立って飲んでいる。

狭いところに二十人ほど入っていた。

そのなかに、やはり丈吉はいた。もう半刻（一時間）ほど前から飲んでいるのではないか。顔はすでに真っ赤になっている。

「よう、いい男」

と、文治が声をかけた。

浪人者をよそおった竜之助は、文治と背中合わせになって、じっと話を聞くことにした。

「なんでえ」

「まあ一杯」

丈吉は茶碗に注いだ酒を一息で軽く飲み干す。

「どんどんやってくれ」

「へっ。おいらは遠慮なんかしねえぜ」

と、文治のとっくりから二杯目を注いだ。

「景気はどうだい？」

「悪いわけねえだろ。こうやって毎晩飲めるんだからよ。毎日、仕事にも行ってるぜ」

「じゃあ、吉原あたりにも行くのかい？」

「吉原なんか行くもんか」

「岡場所かい？」

「悪いが、おいらはそこまで女に飢えちゃいねえよ」

丈吉は二杯目を飲み干し、三杯目を注いだ。

「喧嘩も強そうだな」

「喧嘩だって。おいらは人なんか殴ったりするのはでえっ嫌《きれ》えだ」

「気風《きっぷ》のいい深川の男にはめずらしいな」

「ほんとに気風がよかったら、殴らねえよ。馬鹿野郎」

こんな調子で飲んでいたら、喧嘩にもなりそうだが、ガタイがいいから文句をつけるやつもいないのかもしれない。

「あんた、もてそうだね」

「ふん。もてたからってなんになるんだ」

「みんな、もてたくていろんな努力をするんだぜ」

「へっ、惚《ほ》れた女に逃げられてちゃ、ざまぁねえや」

「どこのどいつだい。あんたみてえな男を振るのは？」

「……」

酔っていても、名前は言わない。相手の女を守ろうという気持ちからか。

竜之助はすこしだけ突っついてみようと、一言だけ口をはさんだ。

「あれ、あんた、この前、元加賀町の武家屋敷のところに狐の生首があったとき、見てたよな？」

「え？」

丈吉の目が一瞬、素面《しらふ》にもどった。

「ほら、三方に載せられてたやつ」

「知るもんか、そんなもの」

そっぽを向いた。

だが、酔った頭にも届いたのはたしかである。

やはり丈吉がやったのだろう。

竜之助もそれ以上は言わない。また後ろを向いて知らぬふりをする。

丈吉の首が揺れ出した。

「おらあ、もう帰る。馳走になったな」

「いいってことよ」

文治が肩を叩いた。

恋ごころのつらさはわかってるぜ、とでも言うように。

「あんながさつな女が武家屋敷になんざ入っちゃいけなかったのさ。ちくしょう。ふざけやがって」

別れ際に丈吉は、ひとりごとのように乱暴な口調で言った。

七

福川竜之助が深川の町を颯爽《さっそう》と行く。

いつまでも狐の生首のことに関わってはいられない。昨日は丸一日、本所を一回りしたし、今日は永代寺《えいたいじ》界隈から森下《もりした》、さらには竪川《たてかわ》沿いの町あたりまで足を延ばすつもりである。

「あら、ようすのいい同心さま」

「こっちを向いてくださいな」

「あたし、捕まえられたい」

女たちの声が聞こえる。

気をよくして、ますます足取りは軽くなる。

黒船橋《くろふねばし》のたもとでは、男二人が摑《つか》み合い、ののしり合っていた。揉めごとらしい。

十手をくるくる回しながら、近づいていき、さっと帯におさめる。

「おい、どうしたい？」

「あっ、こいつがいちゃもんを吹っかけやがって」

「いちゃもんじゃねえだろ。水がかかったんだ」

竜之助は笑顔で割って入り、

「そう、お互いかっかするのはやめようぜ。いくら、火事と喧嘩は江戸の華でも、つまらねえ怪我したりしたら馬鹿馬鹿しいぜ」

「まったくで」

「たしかにおいらも悪かった」

うまくなだめた。

どこかで止めて欲しい気持ちもあるのだ。喧嘩の後味の悪さなんて、やったやつなら誰でも知っている。

つづいて、子どもが駆けよってくる。

「同心さま」

「どうしたい？」

「遊んでいたら、竹馬が流されちゃったんだ」

ふだんは流れのゆるい大島川《おおじまがわ》だが、ちょうど引き潮どきらしく、どんどん流されている。

通りかかった舟の船頭に声をかけ、拾いあげてもらった。

「ありがとうございました」

かわいい笑顔である。こうやって気軽に頼んでくれるのがなにより嬉しい。

「なあに、どうってことねえよ」

歩きながら竜之助は思った。

――おいらはほんとにこの仕事が好きなんだなあ。

町を回って歩く。いろんな人間たちの生活を眺めることができて、こんなに楽しいことはない。

なにかあったときは頼りにしてくれる。

できる限り、町人たちの無事に役立ちたい。

――これぞ一生の仕事。

竜之助は、つくづくそう思う。

永代寺の手前まで来たときである。

「旦那。捜しましたぜ」

と、後ろから文治が駆けてきた。

文治は丈吉のようすをのぞいてから来ることになっていて、霊巌寺《れいがんじ》の門前で待ち合わせていた。

だが、表情がひどく切羽詰まっている。

「どうしたい?」

「丈吉が長屋で死んでました」

八

汗を拭きながら、竜之助は文治とともに丈吉の長屋がある深川の冬木町《ふゆきちょう》に急いだ。注意していた男に死なれた。なんとも気が重い。

「冬木町はここらだな」

「ええ、たしか」

竜之助も文治も、まだまだ深川の地形が頭に入っていない。慌てていると、とくに方角がわからなくなる。

木場にも近いらしく、あたりには材木の匂いが漂っている。

「あ、そこです」

路地を入ると、大家らしき男が蒼ざめた顔で立っていた。まだ騒ぎにはなっておらず、男たちがすでに働きに出た時刻で、あたりは静まり返っている。

丈吉が胸を刺して死んでいた。

血の乾き具合からすると、死んだのは昨夜遅いころだろう。

「なんてこった」

「すみません。あんとき福川さまがおっしゃったように、直接、話を聞いていれば、こんなことにはならなかったかも」

「そんなことはねえよ。おいらだって自信がなかったんだ。文治のせいなんかじゃねえ」

遺言があった。

下手な仮名文字だけである。

まちかたがせまってきた
みんなにめいわくをかけないよう
おいらはしにます
くやしいから
はらいせに
かねをふんだくってやりたかったが
それもあきらめます
「丈吉の字かい？」
と、竜之助が大家に訊いた。
「さあ、字を書くところは見たことがないので」
大工は図面を描いたりするので、無筆はまずいない。大工にしては下手すぎるかもしれない。誰かがわざと下手に書いた字に見えなくもない。
「町方が迫ってきたってえのはどういうことなんだろう？」
竜之助が首をかしげた。飲み屋で話を聞いたときも、町方だとは告げていない。

「岡っ引きの親分が、おめえのことを聞いていったとは言いました」

と、大家が申し訳なさそうに言った。

「そうか。それでか」

「後ろめたいことがあったから、気にしてたのかもしれませんね」

と、文治が言った。

「だが、死んでしまうとはなあ……」

一昨日の夜、会ったばかりなので、なおさら悔しい気がする。

「当人もいまごろは後悔してるかもしれませんね」

「いや、ちょっと待てよ」

と、竜之助は遺体をじっくり見た。

胸のすこし横から短刀が入っている。

この角度、自分で刺すには難しい。できなくはないだろうが、不自然である。

倒れた場所もおかしい。台所で死んでいるのだ。

こんなところで死ぬだろうか。

奥には親のものらしい位牌《いはい》もある。自害するならこういうところの前に正座してやる。

文治にもそれを告げた。

「ということは？」

「殺されたのかもしれねえ」

「まさか、このことで？」

と、文治が指差したのは、「かねをふんだくってやりたかった」という文である。

「あのお屋敷を脅したんですかね」

「ううむ」

と、竜之助はうなった。

そんなに大胆なことがやれたのだろうか。

「丈吉は、度胸はよかったかい？」

と、大家に訊いた。

「そうですね。おとなしいけれど、なんとなく人を威圧するようなところはありましたね」

「ちなみに、丈吉が狐を捕まえたとかいう話は聞いたことがないかい？」

「狐……捕まえたかどうかは知りませんが、狐の肉はうまいのかと訊かれたことはありました」

「いつだい？」

「つい何日か前ですよ」

やはり、狐を置いたのは丈吉だったのだ。

「丈吉はなにかやったんですか？」

と、大家が訊いた。

「どうしてだい？」

「いえね。十日ほど前には、女の瓦版屋が丈吉の女のことをいろいろ訊いていったもので」

「女の瓦版屋？」

竜之助は文治を見て訊いた。

「もしかして、お佐紀《さき》ちゃんかな？」

「江戸に女の瓦版屋は、お佐紀のほかにいないはずですよ」

九

殺しの調べで、まず手配すべきことは、ぬかりなくおこなった。

奉行所の小者や文治の手下を使って、界隈の聞き込みをさせた。まだ記憶に新しいうちにやっておかないと、あとでかならずごっちゃになってくるのだ。

だが、手がかりは少なかった。

夕方になって、お佐紀を訪ねてみることにした。

ああ見えてやり手の瓦版屋である。思わぬことを知っていたりする。

案の定——。

「あ、あたしです」

「やっぱりお佐紀坊だったかい」

と、文治は嬉しそうに言った。

「売れっ子芸者が突然、大名の側室になったんです。おかしいっていろんなところで聞いたから、じゃあ調べてやろうと」

瓦版を刷るのを手伝っていたところらしく、顔にいくつか絵の具をくっつけたまま、お佐紀は言った。こういう飾らないところも、お佐紀のいいところだと、竜之助は思う。

「書いたのかい？」

「よくわからないところが多すぎて、結局、書けなかったんですよ」

「でも、いい度胸してるねえ」

と、竜之助はからかうように言った。

「そりゃあ尾張さまにまともには楯突《たてつ》けませんよ。でも、あんまり無体なことをしたら、江戸っ子は黙っちゃいませんよ。評判というのはあっという間に広がりますからね」

いかにもお俠な顔をした。

「それで、お紺の気持ちはどこまでわかったんだい？」

と、文治は訊いた。

「やっぱり、お紺さんは丈吉さんに惚れていて、あんな側室になることなんて望んでいなかったと思いますよ」

「ひでえな」

「ひどいでしょう」

「まったくお大名なら吉原の太夫《たゆう》でも口説いていいりゃあいいんだ。なにも深川あたりの芸者にまで手を伸ばさなくたって」

「文治親分も憤慨してくれるんですか？」

と、嬉しそうにお佐紀は言った。

「当たり前だろ」

「ただ、お紺さんもたいへんな境遇ではあったんです」

「どういうこと？」

「弟がいて、その子が身体が弱くて、薬代がかさんだみたいです」

「ははあ」

「しかも、丈吉さんにもはっきりしないところがあって、所帯を持とうときっぱり言うことはなかったみたいです」

「ふうん」

「だから、お紺さんにも迷うところがあって、ちらりとお大名が喜ぶようなことも言ったかもしれません。女って、そういう弱いところがあるんですよ」

「そうだよな」

「それで、お紺さんを取られてしまったら、今度は丈吉さんが可愛さあまって憎さ百倍という気持ちになっても、不思議はないかもしれませんね」

「なるほどなあ」

文治はなんだか感心したみたいに言った。それはお佐紀の賢さに対するものだろう。

せつない恋の行方である。

このあいだ丈吉がつぶやいた「ちくしょう。ふざけやがって」という言葉が、可愛さなのか、憎さなのか、はかりしれないところがある。

ただ、竜之助はそれとは別に、

――恋には決断も大事だな。

などと思ったりした。お佐紀の顔を見ているうち、ちらりとやよいの顔が浮かんだのである。

十

竜之助と文治はもう一度、現場近くの冬木町の番屋に寄り、さらに奉行所で打ち合わせをした。

臨時廻りの同心たちも応援してくれることになったが、正式の定町廻り同心になって最初の事件である。なんとか自分の手で、下手人をしょっぴきたい。

そんな気持ちで文治と別れて役宅にもどったが、竜之助はまだすっきりしないところがある。

ほんとうに丈吉はお紺と尾張藩邸を脅したのか。

そのために殺されたのか。

どうもこの件は、女ごころとか恋ごころとか、竜之助が苦手なあたりを突っ込んでいかなければ真相に辿りつけそうにない気がする。

——そうだ。やよいに訊いてみようか。

だが、たいして広くもない家の中で、やよいに恋ごころだの、女ごころだのについて訊くというのは、ちょっと危なっかしい気がする。

「よう、やよい」

洗濯物をたたんでいたやよいに声をかけた。

「なんでしょう？」

振り向いた顔がやけに輝いて見えるのは気のせいか。

「ちと、汁粉が食いたくなった」

「あ、つくります」

「いや、橋のたもとに甘味屋があっただろ。あそこの汁粉が食いたいんだ」

「あら、あそこはあまりおいしくありませんよ。あれよりずっとおいしいお汁粉を作って差し上げます」

「行くと言ったら行くぞ」

竜之助は立ち上がり、玄関から出て行く。

「まあ」

やよいは慌ててついて来た。

甘味屋は店じまいしようとしていたが、どうにか入れてもらった。

やよいは、途中までの話はわかっている。丈吉が殺されたことを告げると、自分にも責任があるみたいに落胆した。

「それで、狐の生首で、お紺さんと尾張藩を脅したというんですね」

「そういう意味なのかとも思うのさ。だが、やっぱり丈吉が恨んで、お紺を脅すのは変だよな」

「変ですよ」

「とすると、狐の生首とでんでん太鼓はなんなのか」

「それは狐憑《っ》きを退散させるおまじないみたいなものだったのではないですか?」

「なるほど、狐憑きかと思ったのか」

「でんでん太鼓は、子どもが無事に育って欲しいという願いですよ」

「逆だな」

「はい。逆だと思います」

「丈吉はまだお紺のことが好きだった」

「お紺さんだってそうですよ」

「だが、丈吉が脅しをしたと思わせようという意図が見え隠れしてるんだ」

屋敷の前に三方を置いたのは、金を脅し取るためだったと。

狐の首は、お紺への恨み。

でんでん太鼓は、子どもの父親はおれだとばらすぞという脅し。

「誰がそんなことを？」

と、やよいが訊いた。

竜之助はそれには答えず、

「どうも、おかしいんだ。この件は……」

めずらしく途方に暮れたような顔をした。

十一

翌日は同心部屋で北町奉行所への申し送りのことで話し合いがあり、竜之助が奉行所を出るのはかなり遅くなってしまった。

だが、門を出るとすぐ、文治が駆け寄ってきて、

「旦那、今日になって、丈吉の長屋の住人たちから、このところ長屋の路地の出入り口でそぶりの怪しい浪人者を見かけたとかいう証言が出てきたのですが」

と、告げた。

「ほう、浪人者かい」

「ええ。丈吉のあとを追っているみたいだったと」

「死んだ日の夜に見かけたという証言は？」

「それはなかったんです。だから、昨日の聞き込みでは話に出なかったんでしょう」

「なるほど」

「しかも、尾張藩の屋敷の中に入るのを見たという長屋の住人もいました」

「中に入ったって？」

いまどきは浪人が屋敷に出入りすることはめずらしくない。だが、御三家となるとやはり奇異な感じを抱いてしまう。

「旦那、そいつが丈吉を始末したんでしょうか？」

「ううむ。もし、丈吉が尾張藩を脅した仕返しとするなら、丈吉が金を取りに来たときにでも、ばっさりやれば終わりだ」

わざわざ目撃されやすい長屋まで来て殺すというのはおかしい。

「あ、ほんとですね」

「だが、話は聞かなくちゃならねえ」

「ええ」

「あの門のところで見張ることにするか」

そのあと、思いついたことは、文治にも言わなかった。

——これは罠にちがいない……。

竜之助はそう思った。いろんなことがどっちにも取れるように仕向けられ、いかにも怪しい事件に仕立てられている。

とはいえ、殺しの調べを中断することはできない。町方同心としては、なんとしても下手人を追わざるをえない。

だが、いったいどういう罠を仕掛けてきたのか。

——おいらを尾張藩邸に引っ張りこもうとでもいうのか……。

十二

「つけられています」

と、矢野千之輔は徳川宗秋に言った。

大横川《おおよこかわ》の岸辺である。徳川宗秋は河岸《かし》に腰を下ろし、釣り糸を垂らしている。

「やっぱり食いついてきたか」

徳川宗秋は、ウキに目をやったまま、うなずいた。

「つけて来ているのは岡っ引きどもですが、築地の蔵屋敷からここまで三人ほどが入れ替わり立ち替わり」

「うむ。いまも、橋の上にいるやつがそうだろうな」

文治が悩みを抱えたような顔で、ぼんやり川面を見下ろしていた。

「徳川竜之助は些細《ささい》なことを見逃さなかった」

徳川宗秋はつぶやくように言った。

「ええ」

「しかも、あれがただの自害じゃないことも見て取った」

「そう思います」

「だが、ためらいもあるに違いない。なにせ、わしらは丈吉に吹き込んだだけで、狐憑きを追い払おうとしたのは、丈吉だからな」

「はい。わたしもちらちら姿を見せるだけで、なにもしてはおりませぬ」

「だが、いまや、そなたはぴたりと尾行されている」

「同心としてもいい腕です」

「うむ」

「あの道を行かせたら、幸せになれるのでしょうが」

矢野の口調にはいささかの同情もうかがえる。

「剣の宿命から逃れることはできぬ」

徳川宗秋はぴしゃりと言った。

「竜之助をどこで待ち構えればいいのでしょうか？」

「どこでも構わぬさ」

「でも、あの方たちにも見てもらわなくちゃならないのでしょう？」

「ああ。だが、それは、そなたがおびき寄せればいいだけではないか」

「はい」

「なんだったら奉行所の前でやっても構わぬぞ」

と、宗秋は嬉しそうに言った。

十三

いちおう正式の定町廻りになって最初の事件である。

先輩方に相談したほうがいい。下手すると、話が大きくなる可能性もある。

同心部屋で、これまでの調べについて報告した。

「なるほど。尾張藩邸に出入りする浪人者か」

と、大滝治三郎《じさぶろう》が感心し、

「そりゃあ、外に出て来たところをとっ捕まえるしかねえだろう」

矢崎三五郎がそう言った。

「ただ、もう一人、中の男もからんでいるようです」

「中の者までからむなら、そこからは目付のほうに話を持って行けばいいだけのこと。まずは浪人者をしょっぴけ」

と、大滝は言った。

「やはり、そうですか」

「背後に誰がいようが、直接やったのはその野郎だ。そいつくらい捕まえなくっちゃ、町方の面目だってなくなっちまうぜ」

矢崎も息まいた。

「そうですね」

「おいらも手伝うぜ」

矢崎が腕まくりすると、大滝もうなずいて、

「うむ。わしも」

皆、同心としての仕事に誇りを持っているのだ。性格は一長一短あるけれど、仕事への誇りはいっしょなのだ。竜之助は、こういう先輩たちの言葉を聞くと、やっぱり胸がじいんとしてしまう。

すると、外で立ち聞きしていた高田九右衛門まで顔を出し、

「福川。及ばずながらこじれたときの要員でわしも出てやろう」

浪人者が深川元加賀町にある尾張藩下屋敷の門を出た。

この男はしばしば市ヶ谷の上屋敷と築地の蔵屋敷、それと深川の下屋敷を行ったり来たりしているという。なにか、連絡役のようなことをしているのかもしれない。

あまり大勢であとを追えば怪しまれる。

だが、ある程度、数がいないと、いざというときにも逃げられてしまう。足に自慢の矢崎と竜之助、それに文治の三人が追い、それを大滝や高田の一行がさらに後から追うように打ち合わせてある。

足早に南へ向かっている。

この方向だと、今日は築地の蔵屋敷に行くらしい。市ヶ谷へ行くなら、新大橋《しんおおはし》を渡るはずである。

だが、男は永代寺の門前で足を止めた。

こっちを振り向き、首をかしげた。

「ばれたかな」

と、矢崎が言った。

「そんなはずはないんですが」

竜之助は尾行をやめたくなってきている。明らかに誘われている。だが、竜之助だけ抜けるわけにはいかない。

男はふいに踵《きびす》を返し、来た方向に逃げ始めた。

「よし、逃がさねえぞ」

矢崎が勢い込んで後を追う。竜之助もついていかざるを得ない。

だが、浪人者は道をよく知っていた。深川の路地のような細い道を抜け、追跡から逃れようとする。

「福川。おめえ、あの屋敷の門のところに回っていろ。おいらたちはいったんまかれたふりをする。すると、野郎はその隙に飛び込もうとする。そこを捕まえるんだ」

と、矢崎が走りながら言った。

「なるほど」

それは名案だろう。

こうなれば、早くあいつを捕まえて、奉行所の中に逃げ込みたい。いくら尾張藩でも、江戸町奉行所にそう理不尽なことはできない。

竜之助は、文治とともに尾張藩下屋敷に向かった。

屋敷の前はひっそりしている。

門番も外には出ておらず、門は閉じられている。

「来ますかね」

と、文治は十手を握り締めながら言った。

「来るだろうな」

　来るけれど、それですべてうまくいくかはわからない。

竜之助は不安である。まだ相手の手の内が見えていない。なにか、大事なことが伏せられている気がする。

手に汗をびっしょりかいている。

そう長くは待たなかった。

南の町人地のほうから、あの浪人者が駆けてきた。

竜之助と文治は、道をふさぐように立ちはだかった。

「どけ」

浪人者は怒鳴った。

「丈吉の死についてうかがいたいことがある」

「邪魔だてすると斬る」

と、浪人者は刀を抜いた。

「ご冗談を」

竜之助もそう言いつつ、ゆっくり鯉口を切った。

浪人者が来たほうから、矢崎を先頭に、大滝と与力の高田、それに小者たちが

七、八人ほど駆けてきた。
「観念なさったほうがいい」

矢崎たちも周囲を取り囲んだ。

「ふっふっふ」

と、男は笑った。

「なにがおかしい?」

竜之助は訊いた。

「あいにくだが、わたしは丈吉が死んだ日には藩の用事で千代田の城にいた」

「え?」

「だから、わたしではないのだ。それにわたしは浪人者ではない。れっきとした尾張藩の藩士だ。そなたたちにとやかく言われる筋合いではない」

「……」

大名家の武士を町方がかんたんに捕縛することはできない。しらばくれて番屋につれて行き、尋問くらいはできるが、逃げる言い訳など充分、考えつくされているのだろう。

竜之助は気分が悪くなってきた。

そのときだった。

ぎぎっ。

と、重い音がして、屋敷の扉が開いたのである。

――ん？

中から四人ほどの男たちが外に出てきたのだが、そのうちの一人が大きな声で、

「これは、徳川竜之助さま」

と、言った。

「本当だ。竜之助さま」

「そんなお姿でなにを？」

ほかの三人も騒いだ。この四人の後ろにいたお供らしい武士たちが、あわてて地面に膝をつき、竜之助に向かって頭を下げた。

竜之助にも見覚えがある。

一人は一橋《ひとつばし》家、あと二人は水戸《みと》家の縁戚の者だ。たしか、正月のお城の挨拶かなにかで顔を合わせたことがある。

――しまった。

と、竜之助は顔をしかめた。

これが罠だったのだ。まさか、こんな卑劣な罠とは思わなかった。ほとんど意地悪のようなことではないか。

「えっ」

矢崎や大滝もこれには仰天する。

「福川。どういうことだ？」

と、矢崎が訊くと、

「福川だと。このお方は、御三卿田安徳川家の十一男、竜之助さまであらせられるぞ」

身体の大きな男が芝居がかった調子で言った。

おそらく徳川宗秋だった。今度の不可解な事件の黒幕がこの男だった。

矢崎が頭を抱えて言った。

「御三卿の若さまを、定町廻り同心にしちゃったぜ」

第三章　光の中へ

一

徳川竜之助は田安屋敷にもどっていた。

呆然《ぼうぜん》とし、まるで抜けがらになってしまったようだった。部屋に横になったら、起きる気さえなくなった。

こんな日がいつ来てもおかしくないと思ってはいたが、いざ来てみたら、想像した気持ちとはまるで違った。落胆や悲しみよりも、感情そのものが無くなってしまったみたいだった。

身分のことがばれたら同心の仕事はつづけられない。そういう了解のもとだった。

およそ二年。よくぞばれなかったと思う。もしかしたら、このままずっと……そんな甘い夢まで見るようになっていた。

尾張藩邸前で徳川宗秋によって身分を明らかにされた。皆、聞いていた。与力の高田九右衛門も、先輩の大滝治三郎も、矢崎三五郎も。ほかに岡っ引きの文治もいれば奉行所の小者たちも大勢いた。

逆に、徳川竜之助が奉行所の同心になりすましていることを、一橋家や水戸家の若殿たちが知った。こっちはこっちで話してまわるにちがいない。

もう隠しようがなかった。

それはすなわち、竜之助の同心の仕事もこれまでということだった。せっかく見習いから一人前の定町廻り同心に抜擢《ばってき》されたばかりなのに。

あのあと──。

捕り物は中止となった。

それはそうだろう。下手人と見込んだ男は、浪人ではなく、尾張藩の藩士だった。町方は手が出せない。しかも、殺していないことは簡単に証明できるらしかった。

すごすごと奉行所にもどった竜之助は、しばらく呆然と机の前に座っていた。

大滝と矢崎がやって来て、

「これまで、知らぬこととはいえ、大変、失礼をいたしました」

「お許しください」

と、頭を下げた。やはり、よそよそしい感じがした。

「いや、そんなことは……」

そう答えるのが精一杯だった。

「なにをおっしゃるんで。これまでどおりに付き合ってくださいよ」

などと、明るく笑って言うほうが、どちらにとっても楽だったはずなのに、落胆のあまり、それができなかった。つくづく未熟な男だと、竜之助は自分が情けなかった。

案の定、まもなく奉行から呼び出され、

「もはやこれまでということは、ご理解いただけますか？」

と、訊かれた。

「お世話になりました」

竜之助はうなずくしかなかった。

八丁堀の役宅も、騒ぎが大きくならないうち、早々に引き払うことになった。

出るときにちらりと振り返った。玄関に下駄が一揃い残っていた。せつなさがこみ上げた。

「若さま……」

やよいが早く行こうとうながした。同じ気持ちだったのだろう。

居心地のいい家。かけがえのない家。ここを失って、この先、自分はどこでくつろぐことができるのだろう。

一瞬、このまま旅に出てしまおうかとも思った。

同心になること。武者修行の旅に出ること。その二つが、二年前の夢だった。だが、もう剣の修行への情熱は消え失せていた。それほど同心の仕事はやりがいがあった。

――この先、わたしは何を生きがいにしていけばいいのだろうか。

田安屋敷までどうやって歩いたのかさえ覚えていなかった。

数日して――。

竜之助は悔しさがこみ上げてきた。

丈吉殺しの真相が明らかになっていなかった。

徳川宗秋が斬ったのか。それも、わたしの身分を明らかにする罠を仕掛けるためだけのことで、丈吉というなんの罪もない若者を殺したのか。

剣客同士の決闘なら仕方がない。そういうものを学んだ報いであり責任でもある。だが、丈吉はなんの関係もない。

――誰が許すものか。

そういうことを許さないのが町方の同心ではないのか。身分の壁があり、たとえ裁くことができなくても、それを白日の下にさらすのが務めではないのか。おいらたちはちゃんと見てるんだぜと。

それをやり残してしまったことが、竜之助をたまらない気持ちにさせた。

もちろん、奉行所のほうだって、殺しの探索はつづけているに違いない。だが、もともとわたしへの罠だということを知らなければ、下手人には永久にたどり着けないだろう。

大滝や矢崎、文治らの顔が浮かんだ。

想像の中では、彼らが途方に暮れたようすで、深川の運河沿いを歩きまわっていた。

その女がやって来たのは、竜之助が田安屋敷にもどって五日後のことだった。

ぼんやり中庭に突っ立っていると、

「竜之助さまでいらっしゃいますよね」

と、廊下から女が呼んだ。

きれいな女だった。見覚えはなかった。着物のようすからして、奥女中でもなかった。

「どなたかな？」

「尾張藩からこちらのお屋敷にご挨拶にうかがった者です」

と、声を落とし、早口で言った。

「尾張藩？」

心がざわついた。

「はい。表向きは季節のご挨拶程度。でも、徳川宗秋さまからのご伝言をお伝えするよう、申しつかって参りました」

やはり、宗秋の名が出た。

「伝言とな」

「竜之助さまも決着をお望みでしょうと」

「それは……」

もちろんである。

ただ、徳川宗秋が求めるのは、おそらく秘剣同士の決着というものだろう。竜之助は違う。丈吉殺しの真相を明らかにすることである。

だが、罠の上に事件があったのだから、そこに足を踏み出さざるを得ないのだ。

「本日、巳《み》の刻（午前十時）に尾張橋にてお待ちすると」

いまは辰《たつ》の刻（午前八時）の前だろう。ゆうに間に合う。

「尾張橋？」

「築地です。お浜御殿と尾張藩蔵屋敷のあいだに架かる橋で、当家の者以外に通る者がいないのでそんな名前で呼ばれています。邪魔者は入りません」

竜之助は女の目を見た。

薄い笑みがあった。好意も愉《たの》しさも感じさせない、すこし毒の匂いがする誘うだけの笑み。

おそらく徳川宗秋もそうした表情でいるのだろう。

「わかりました。うかがいます」

「出られますか？」

「大丈夫でしょう」

田安門を出ようとすれば門番などに見咎められ、支倉あたりに注進に走られるかもしれない。だが、北の丸を突っ切って、坂下門あたりから出れば、向こうは人の通りも多い。うまく通り抜けることができるだろう。

「では、宗秋さまがお待ちしております」

女はそう言って、廊下の角を曲がって行った。

二

「若さまがおられません」

やよいが支倉辰右衛門に知らせた。部屋にも、屋敷中捜しても、どこにも見当たらなかった。

支倉はいまや田安家の中枢を担っている。日々、忙しく、こまかなことまで目配りを利かせている。

竜之助のことは安心していた。いったん屋敷におさめてしまえば、事態は好転していく気がしていた。竜之助は賢明な若者である。しばらくは落胆しても、次の道を見つけてくれるだろうと期待していた。

まだ二十七歳である。どんな未来も拓《ひら》いていけるはずだった。

「なんだと」

支倉は廊下を走り、竜之助の居室に飛び込んだ。

本当にいなかった。

思い出に持ち帰ってきた十手は窓辺に置いてあった。枯れて倒れた古木のように、竜之助の寂しさを表していた。

「しまった」

支倉は両手で頭を抱えた。

「どうしたんですか？」

「誘いが来たのだ」

「誘い？」

「尾張の徳川宗秋からの」

竜之助の身分を明らかにしたのも徳川宗秋だった。いよいよ最後の目的を達成しようとしているのだろう。

「若がどこかに出たときは危ないと思っていた。まさか、この屋敷にまで来たとは……」

「まあ。どこに行ったのでしょう」

「どこだろう」

「考えてください、支倉さま」

やよいに言われると、支倉は腕組みをし、部屋の中をぐるぐるとまわった。

「やたらなところではやれまい。しかも、竜之助さまは他人に危害が及ぶようなところでは絶対に戦うまい」

「ですが、尾張藩邸あたりに入られたら、もうどうしようもありませんよ」

やよいは震える声で言った。

御三家といっても石高は違う。紀州五十五万石、水戸三十五万石、そして尾張は六十二万石である。尾張藩はもっとも石高が多いだけあって、江戸屋敷の広さ、多さもいちばんである。

しかも、上中下の屋敷だけでなく、拝領屋敷だの抱え屋敷だのが江戸中に点在するから、当たり切れるはずもない。

「徳川宗秋もそれはやらぬはず。藩邸にはかならず引き止めようとする者がいる。尾張藩も意見は割れている。もはや剣では動かせぬ」

「ああ、じれったい。支倉さま」

「やよい。天気はどうじゃ？」

やよいは廊下側の障子を開き、縁側から空を見上げた。

いい天気である。こんな日には、刀を振り回すようなふるまいは無しにしてもらいたい。

「よく晴れています」

「風は？」

「吹いてます。やや強い風です。それが？」

「陽の光がさえぎられず、風が吹きわたるところ。そこで雷鳴の剣と風鳴の剣が相まみえる気がするのじゃ」

「というと、武蔵《むさし》と小次郎《こじろう》が戦った巌流島《がんりゅうじま》のようなところ？」

「あんなところは江戸にはあるまい」

「あ」

やよいが小さく叫んだ。

「どうした？」

「柳生清四郎さまがおられるところ。かつて、柳生全九郎が三人の少年を斬ったところ。もし、因縁めいたところがあるとしたら」

深川の先にある砂村の新田である。菅《すげ》が生い茂る一帯だが、清四郎が住むあたりは小さな砂浜がある。いまも明るい日差しに照らされ、浜風が吹き渡っていることだろう。

「うむ、そこか。いや、待て。そこにはまだ柳生清四郎が住んでいるのだろう？」

いまにも駆け出しそうだった支倉だが、ふと動きを止めた。

「はい、おられます」

「若はそこではやらぬ。知っている者が誰もいないところで戦う」

「まあ。では、どこ？」

「橋の上あたりはどうだ？　陽はさえぎられず、川風が吹き渡るぞ。そうだ。おそらく橋の上で二人は戦う」

最後は確信に充ちた口調になった。

「新大橋とか永代橋《えいたいばし》の上で？」

「まさか、あんなところは大勢の人が渡るところだろう。もっと人がほとんど渡らないような、しかし、田舎の小さな橋などではなく、充分に動き回れるくらいの広さを持った橋の上で戦うのさ」

「そんな橋がありますか？」

「探そう」

それしかない。

ここで待っていても、竜之助は絶対にもどらない。

「ずいぶん走ることになりますよ」

と、やよいは支倉の老齢を気づかった。いったい江戸にはいくつの橋があるのか。川がない山の手ならともかく、日本橋界隈《かいわい》や深川あたりときたら、橋だらけである。

「なあに、舟を使うさ」

と、支倉は軽く言った。

「なるほど」

たしかに水路をたどるのが、橋を探すにはいちばんの近道だった。

三

町人地の木挽町《こびきちょう》を抜けると、急に人通りが途絶えた。竜之助は一度、立ち止まり、また歩き出した。

周囲は掘割と大名屋敷ばかりである。

それでなくても真夏の真っ昼間。武家屋敷の者たちなどは、皆、日差しを避け、風通しのいい日陰で小さく息をしているはずである。忙しい町人たちとちがって、たっぷりと時間を持っているのだ。

「あそこだ……」

尾張橋は、ほとんど通行もなさそうなくせに、立派な造りだった。幅も充分にあり、小さな町道場よりも広いくらいだった。

徳川宗秋は、すでに橋の上に出て、竜之助が来るのを待っていた。

やはり元加賀町の尾張藩邸の前で会った男だった。

今度、初めて会ったはずである。いままで正月や節句など、お城に挨拶にうかがったときも、たぶんこの人とは直接会っていない。

だが、誰かに似ている気がする。

それは徳川の一門だから、田安家の周囲ともいろいろ血はつながっている。似ている人がいても不思議ではない。そうした相似ではなく、意外な誰かと似ているのだ。

ひどく背が高い。しかも痩せてはいない。鍛えあげた筋肉が、着物のうえからも姿勢からもはっきりうかがえた。

眩《まぶ》しいほどの白い着物を着流しにしている。着物には銀糸でも織り交ぜているのか、きらきらと光っていた。

竜之助は絣《かすり》の着物に袴姿。どこぞの書生のようである。

「お呼びたてして申し訳ありません、徳川竜之助さま」

丁寧《ていねい》な口調だった。

だが、それは見かけだけで、陰には敵意や侮蔑《ぶべつ》や憎しみといったよからぬ感情が山ほど渦巻いているのは容易に感じ取れた。

「なあに、おいらのほうこそ訪ねたかったのさ。町方の件でな」

竜之助はべらんめえ口調で言った。

もしかしたら明日はないかもしれない。だったら最後の一日は同心でいたかった。

「この戦いは宿命なのです」

と、徳川宗秋は言った。薄い笑みはあったが、しかし嬉しげではなかった。

「この戦い?」

なんとなく不満を覚えた。

徳川宗秋の戦いに誘い出された。むろん目的は、風鳴の剣と雷鳴の剣の戦いに決着をつけるというものだろう。

だが、竜之助はちがう。そんなことより、町方の同心として、最後の事件に決着をつけたい。そうでなければ、丈吉も浮かばれない。

「風鳴の剣と雷鳴の剣が完成されたとき、そして二つの剣が将軍家と尾張徳川家にわかれたときから、両者は戦うことを運命づけられていたのです」

「身勝手なものだな」

と、竜之助は言った。

何百年も前の剣客が、勝手に運命などこしらえてしまった。じっさい、そんなものにこうして振り回される人間たちがいる。

だが、そういう戦いなのであれば、やめようと思えば避けられるのではないのか。

「いきますぞ」

「む」

竜之助が小さくうなずくと、徳川宗秋はいきなり駆け寄ってきた。意外だった。てっきり二刀を抜き放ってから、悠然と構える姿を思い浮かべていた。

大刀が抜かれ、いっきに竜之助の喉元に迫ってきた。ぐぐっと伸びてくる。それを見極めながら後ろに飛んだ。

同時に竜之助も剣を抜いている。

下から相手の手元を狙った。

後ろに下がりながら、すでに前へゆく力をためていた。並の剣士にこれはできない。

「おっ」

徳川宗秋は腕を引いて切っ先をかわしながら、身体を横に倒した。

だが、倒れない。いっきに体勢を立て直すと、雪をかぶってしなった竹が雪をはじいて元へともどるように、さらに竜之助の手を狙ってきた。

圧倒的な重量感を持ちながらも、なんとも軽やかな動き。重さと軽さ。相反する二つが溶け合うのは可能だったのかと、不思議な手妻《てづま》でも目の当たりにした感激もある。

だが、それどころではない。

「たぁっ」

竜之助はあやうく身を引いた。

次の攻撃は来ない。

竜之助は後ろ向きに三歩ほど下がった。

ここで右手一本だった剣に、ようやく左手を添えた。

青眼の構え。

あらゆる動きを秘めた、剣術の中心にある構え。

一方の宗秋も右手で大刀を頭上に構えながら、左手を小刀の柄に近づけた。

逆手で抜くのかと思ったが、そうではなかった。ふつうに柄を握り、それを下に押しながら刀全体を後ろにねじるようにして、さっと抜いた。

抜いた刀を頭上にかざすと、二つの刃は八の字を描いた。

竜之助は、じりじりと間を詰める。

――ここからだ。

間は寸分の狂いも許されない。

いったん動きを止め、いっきに前へ出る。

「きぇーっ」

大きく伸びをするように上に突きあげた剣を、思い切って振りおろした。この世を左右に分けへだつような、渾身《こんしん》の力を込めた剣。

徳川宗秋はそれを二刀で受けた。

火花は飛ばない。

竜之助は手に不思議な感覚を覚えた。真綿に刀を叩きつけたようだった。何も斬ることができず、力がすべて吸い取られていくような感覚。

底無し沼から慌てて足を抜くように、

「とあっ」

後ろに飛んで、いまの不気味な感覚から逃げた。

「ふっふっふ」

徳川宗秋は笑った。

「おわかりになったらしい。二刀の怖さを」

「………」

「すべての剣をこうして受けるのです。どの軌跡をたどってきても、わが二刀がそれを引き寄せ、無力と化すことになります」

「ううっ」

それは嘘ではないだろう。全方位を守備することができる。確かに二刀の守りはそうなのだろう。

「しかも……」

　と、徳川宗秋が踏みこんできた。二刀を先頭部隊に、身体すべてが全軍であるように、押し出してきた。

　大刀の突撃をかわしたとき、小刀が真横からわきを突く援軍のように入ってきた。竜之助ははじけ飛ぶように、身体をひねりながらわきへ飛んだ。袖が切られ、だらしない笑みのように垂れた。

「……つねに第二波が隣りにあります」

　それも事実だった。

　巧みに操られる二刀は、二人と戦うよりも的確に連携し、こちらの隙につけ入ってくるのだ。

「二刀の欠点は、力が二分されること……」

　徳川宗秋はおのれの剣の欠点も知っている。

「……だが、力さえあれば、その欠点はたやすく補うことができるのです」

　そうなのだ。むしろ、一刀のときの無駄な力をも制御することができる。

「何を言おうとしているかおわかりですな」

　と、言いながら、もう一度、斬りかかってきた。

横殴りの右の剣。
これを受けたときに、左の剣が竜之助の手首を突いた。
「あっ」
突かれた。手の甲をである。
ほんのすこし、針で刺されたような傷だが、それでも一筋の血が流れる。
力の入らない左の手。痛みもあまり感じない。
むしろ、心が痛んだ。
突かれたこと。それは徐々に消耗につながっていく。
敗北の予感が心に広がる。
もう一度、きた。右の剣が押すように出てきた。受けて、はね返そうとした
が、それができない。
当然、もう一つの剣がきた。
「うわっ」
突進するように前に出て、相手の左をすり抜けた。
ぎりぎりだった。
自分でもやったことのない動きだった。

二刀は読めない。一刀の剣とはまったく勝手がちがう。

しかも、この相手は並外れて強い。

徳川宗秋は、笑みを含んだ声で言った。

「こうして戦っていても、みじめになるだけですぞ。もはや、竜之助さまには風鳴の剣しかないのです」

四

深川の運河に入ってまもなく、

「ああ、ちがうな。深川はちがう」

と、支倉辰右衛門は頭を抱えた。

漕《こ》ぎ手たちも困った顔になっている。櫓《ろ》を漕がせるのに三人を連れてきた。だから、猪牙舟《ちょきぶね》よりも一回り大きいが、素晴らしく速い。

「どうしてです？」

と、やよいが橋を見上げながら訊いた。

「こんなに町人たちがうろうろ行き交うところだ。若はこんなところでは戦わぬ。迷惑を考えてしまうお人だ」

上に架かっているのは二十間堀《にじゅっけんぼり》の黒船橋である。町人たちは夏の日差しにも負けていない。焼けた肌をさらし、陽の下を右往左往している。

橋の上だけではない。川べりには釣り人が糸を垂らしているし、水の上は荷物を積んだ舟が絶えず行き交っている。

穏やかな江戸の日常で、たしかにこんなところで刀を振り回す竜之助は考えられない。

「では、本所ですか？」

本所は武士の町である。

「いや、本所でもない。あそこも川沿いだけはほとんど町人地だ」

支倉は焦っている。

「支倉さま」

やよいがふと思いついた。

「決闘の場所ではないでしょうが、若さまが足を向けそうなところを思い出しました」

「どこだ？」

「八丁堀です。あの役宅です」

「おう、そうか」

「若さまはあの仕事が大好きでした。誇りも持っていました。たくさんの思い出もあるはずです」

「うむ」

支倉はつらそうにうなずいた。

「もし、命を賭けた決闘に臨もうというとき、若さまはいったんあそこに足を向けるような気がします」

「奉行所ではなく？」

「奉行所も行きたいでしょうが、誰かと会うかもしれませんし、あそこを眺めるのはつらすぎる気がします。最後に眺めたいのはあの役宅だと思います。まだ、八丁堀におられるかもしれませんよ」

「よし、やよいの勘を信じよう」

黒船橋のたもとで引き返す。

大川に出た。このあたりは川の水が石川島《いしかわじま》に当たって二手にわかれるところで、湖のようにふくらんでいる。

夏の光が川面を照らし、ぱちぱちと音でもしているように光が乱舞している。

支倉とやよいは、眩しさに目を細めながら、行く手を見つめた。

鉄砲洲《てつぽうず》のところから越前堀《えちぜんぼり》へと入る。左手が八丁堀の町並である。さすがに治安のよさは江戸随一で、のんびりと楽しく暮らさせてもらったのは、自分のほうかもしれない――と、やよいは思った。

「亀島《かめじま》河岸でいったん降りるぞ」

と、漕ぎ手たちに支倉は言った。

竜之助とやよいが住んでいた役宅は、亀島河岸からもすぐである。

「急ごう」

支倉がよろよろしながら駆けた。

いまは空き家になっているはずの役宅まで来た。

「あ」

支倉が足を止めた。

女が一人、玄関のところにいた。

なにかに挑むようなすっきりした立ち姿。ふつうの女にはない気迫みたいなものが漂っている。

「お寅《とら》さま……」

と、支倉が名を呼んだ。

竜之助の実母である。

かつてはわがままですぐに激高する娘だった。それが、巷《ちまた》では女スリの親分として名を馳せ、いまは孤児五人を一生懸命育てている。

そのけなげな働きぶりに支倉はひそかに感心していて、近ごろではなんとか名乗らせてやりたいとさえ思っている。

「支倉どの」

「なぜ、ここに」

「もうお城に入っているのはわかっていますが、ここに来ると竜之助さまの面影に出会えそうな気がして」

「そうでしたか。じつは、お城から逃げ出したようで」

「まあ」

「いま、捜しているのですが、おそらく決闘になっているかと思われます」

「なんと……」

二人が立ち話のようなことを始めると、

「あら、やよいちゃんじゃないの」

きである。

近所の人が足を止めた。同心の新造で、悪い人ではないが、おしゃべりが大好きである。

与力の高田九右衛門は同心たちの性格から趣味嗜好、暮らしぶりまでくわしく知っているが、この新造は同心の妻たちの性格や暮らしぶりばかりか、よそ行きの着物の柄や、実家の石高まで知っている。一度など、なにからそう思ったのかはわからないが、「やよいちゃんて、前にお城に奉公してたことはなかった？」などと訊かれ、ドキリとしたことがあった。

「ああ、どうも」

「さっき、福川さまがここに立って、じっと眺めていらっしゃったけど、どうかしたの？」

「やっぱり。そのあと、どっちに行ったかわかりますか？」

「向こうよ」

新造が指差したのは築地のほう。たしかにあのあたりは大名屋敷が多く、人けはかなり少なくなる。

「どれくらい前でした？」

「半刻ほどじゃなかったかしら」

腕の立つ者ほど、決着は早くつく。どちらも達人である場合は、想像しにくいが、だらだらと延びることはありえない。

とすれば、もう終わっていることもあるかもしれない。

「やよいちゃんまで来てどうかしたの？」

「いえ、別に」

「ねえねえ、福川さまって、ほんとは御三卿の若さまだったんですってね」

井戸端会議でもはじめそうな気配である。

「ご新造さま。それはご内密に」

「わかってるわよ」

わかっていても、今日の夕方までにはこのあたり一帯に竜之助ややよいが来ていたことが広まっているだろう。

「さ、急ぎましょ」

お寅も連れて河岸に引き返した。

「よし。築地界隈の橋を回ろう」

支倉がそう言うと、

「あたしもいっしょにいいわよね」

返事を待たず、お寅も舟に乗り込んだ。

五

徳川宗秋は、風鳴の剣を早く使えと言う。

だが、竜之助は青眼に構えたまま言った。

「そんなことより、おいらははっきり質《ただ》したいことがあるのさ」

「なんでしょう？」

「深川冬木町に住む大工の丈吉を殺したのは徳川宗秋さまなんだろ？」

竜之助がそう言うと、徳川宗秋は呆れた顔をした。

「ああ、そのことですか。竜之助さまはすでに同心でもなんでもない。もう、どうでもよろしいのではないですか」

「そうはいかねえのさ。あの事件はおいらが正式の同心として担当した最初で最後の事件なんだ。うやむやにして終わらせるわけにはいかねえんだよ」

「あっはっは」

徳川宗秋は面白そうに笑った。

「なにが面白えんだよ」

竜之助はムッとして訊いた。

「同心にはご自分の力でなれたとでもお思いですかな？」

「どういう意味だよ？」

「わたしは竜之助さまと決着をつける前に、幕府の中枢に引っ張り出したかった。そうしないと、御宗家と尾張の勝負ではなく、たかだか町方同心の福川なんとやらに勝利したことにされてしまいますので」

「……」

「ところが、そうした根回しを始めるとすぐ、いままでたくさんの手柄を立てながらも、見習いのままだった竜之助さまが、突然に正式の定町廻り同心におなりになられた」

「……」

たしかにそうだった。

若い見習い同心たちも、いきなり定町廻り同心にはなれなくても、一年ほどで正式のお白洲同心になったりしていた。

出世だの、地位だのにはまったくこだわるつもりはなかったが、なんとなくおかしいとは思っていたのだ。

「それはおそらく田安家の用人の支倉あたりの差し金です」

「爺《じ》いが……」

一瞬、意外な気はした。だが、支倉辰右衛門は竜之助と接するときのとぼけた好々爺《こうこうや》の顔だけではない、なかなかしたたかな戦略家であることは、ときおり感じていた。

「そうやって、竜之助さまをお守りしようとした。所詮《しょせん》、竜之助さまの運命は、周囲や時代に操られるのです。それが宿命なのです」

「だから、どうしたっていうんだよ」

と、竜之助は言った。それで別段、支倉のやったことを恨むつもりはない。

「だから、わたしのほうも、あの事件を仕掛けたというわけです」

「やっぱりそうか」

「申し上げましょう。いかにも丈吉を刺したのはわたしです。もっとうまく刺すこともできたのですが、それだと竜之助さまに疑ってもらえませんので」

「罠はどこから始めたのだ？　そのために、丈吉とお紺の仲を割き、狐の首とでんでん太鼓をあそこの門前に置いて、わたしを誘ったのか？」

若い男女は、いったいどれだけ運命をもてあそばれたのだろうか。

「いいえ、そこまではさかのぼりませぬ。なにか竜之助さまのご興味を引けるようなことはないかといろいろ探したのですよ。すると、深川の下屋敷で慶勝さまが側女にしようとした元芸者のお紺が、いささか気がおかしくなって騒いでいると。ちょうど竜之助さまは、本所と深川を担当する同心になられていた。これはと思って調べたら、前に付き合っていた丈吉という大工が、なんとかお紺のようすを知ろうとしていたのです」

「それで狐の首か？」

「いいえ。あれだって言い出したのは丈吉なのです。狐の首を斬ると、憑《つ》いていた狐が怖がっていなくなるなどという話をどこかから仕入れてきた。だったら、それを三方に載せて、あの門前に置いておけば、お紺さまにも思いは伝わるのではないかと忠告してやっただけです」

「いかにも謎めいたふうにしてな」

これまでもしばしば奇妙なできごとを探らされた。珍事件担当などともからかわれてきたほどである。

三方に載った狐の首とでんでん太鼓。

まさに自分にお鉢が回ってきそうなできごとではないか――と、竜之助は思った。

「狐の首を斬ったのは？」

「そのくらいは手伝ってやりましたよ。あいつにまかせていたら、いつになるかわかりませんからね」

「それで、あの斬り口か」

「でんでん太鼓を添えたのも丈吉ですよ」

と、徳川宗秋は言った。

「だが、丈吉は、尾張藩を強請《ゆす》ろうなんてことは、まったく考えてはいなかったんだろうよ」

「そうでしょうね」

「だったら遺言も嘘っぱちだ」

「ええ、わたしが。無学の男の代筆はたいへんでした」

「いかにも思わせぶりに仕立てあげて、あげくに邪魔になった丈吉も謎めかして殺しやがったんだ」

「あんな男は有象無象《うぞうむぞう》の一人ですよ」

なんとも軽い宗秋の言い方だった。

竜之助の胸に怒りがこみ上げてきた。

「有象無象の一人だと。かけがえのない一つの命だろうが」

「それはご立派なお考え。ですが、それでは世の中の上に立つ者にはなれませぬな」

「誰がなるか」

竜之助は心底、唾でも吐きたい気分だった。

「それで、お紺さんは丈吉の死を知ったのか？」

それが気になっていたことだった。

「伝えたら、あとを追いましたよ」

「あ、あとを……」

叫びたかった。なんという事態だろう。謎を解くどころか、さらに不幸を増やしてしまった。

「いまごろは、あの世でいっしょになれたでしょう」

真摯《しんし》な顔で宗秋は言った。

「おいらをこんなくだらねえ罠にはめるために、おめえは二人の罪もない男と女の命を奪いやがった。いや、二人じゃねえ……お紺さんは身ごもっていた」

その哀れさに胸が詰まった。責任の一端も感じた。

もし、自分がいなかったら、お紺はいまごろ屋敷から放逐され、丈吉といっしょになって子どもの誕生を待っていただろう。

小さな一家をこの世から消したのは、わたしという存在がこの世にあったからなのだ。戦うことだけが、他者を殺すのではない。ただいるだけで他者を迫害してしまうのが、この世というところなのだ。

なんてせつない世の中なんだろう、と竜之助は思った。もしもこの世に神や仏がいないのだとしたら、われわれはなんと罪深く、身勝手な生を送らなければならないのだろう。

「あまりに正確にわれらの意図を見抜いてくるので、感心いたしました。竜之助さまは下っ端の町方同心として、町人相手に駆けずりまわるのが天職なのかと」

宗秋は軽侮《けいぶ》の笑いを浮かべた。

「ああ、そうさ。それが、おいらの、天職なんだよ」

竜之助はゆっくり、嚙みしめるように言った。

せめて自分がやれること。

もうほかには思いつかない。

自分の天職とはめぐり会えず仕舞いに終わる人だって大勢いる。見つかった自分はなんて幸せなんだろう。

「風鳴の剣を学んだお人が、くだらぬ同心の仕事が天職ですか」

「どこがくだらねえんだよ？」

竜之助はムキになって言った。

町方の同心の仕事からは、じつに多くを学んだ。

罪を犯す者、犯さずに済んだ者。そのあいだにあるのは、運不運だったり、自分ではどうしようもない縁だったりすること。

奉行所の先輩たちや、町の番屋の人たちは、それを知っているから、なんとか目をかけて罪人を出すまいと努力していること。

さらには、この世の陰影。複雑に入り混じり、剣で真っ二つに斬れるものではないということ。

田安の家の中におさまっていたら、そうしたものにはけっして気づかずにいたことだろう。

「ま、よろしいでしょう。ただし、風鳴の剣を会得されてしまった以上、同心などをつづけてもらうわけにはいきませぬ」

「風鳴の剣は弱き者のための剣。おいらは町方の同心としても、こいつを遣わなくちゃならねえみてえだ」

柄を握る手に力を込めた。

「どうぞ、存分に。では、わたしのほうも雷鳴の剣を遣わせていただきましょう」

徳川宗秋は二刀を頭上で交差させた。

六

「和尚さま」

庭の掃除をしていた小坊主の狆海が、ふと本堂にいた雲海を呼んだ。切羽詰まったような声音である。

狆海は変に強張《こわば》った顔をしている。

「どうした、狆海？」

と、雲海は訊いた。

夜ならば「幽霊でも見たのか？」と、訊いただろう。

「いま、胸騒ぎがしているのです」

と、狆海は、小さな胸に手を当てた。

言いながら空を見た。雲はない。青い夏空が、高々と広がっている。風が光りながら吹き渡っていくのが見える気がする。

境内を囲む樹木からは蟬の鳴き声が落ちてきている。

鳴き声は滝のように次から次に雪崩《なだれ》落ちている。うるさいのに静けさを感じさせる。読経の声にも似ている。

落ち着いた光景であろう。どこにも異変は見当たらない。

むしろ無に近い平穏。あるいはこれが浄土なのかもしれない。

それなのに、胸が鳴っている。不安に怯《おび》えている。

自分は倒れるのだろうか――と、狆海は思った。

「胸騒ぎとな」

「そんなときはありませんか？」

「ないな」

と、雲海は言った。

「ないのですか」

「ああ、あったとしても、わしは気にせぬ。この広い世界で、胸騒ぎを感じないような平和な時間があると思うか。つねにどこかで騒ぎが起き、人が斬られ、陰謀が語られている。死に物狂いで戦っている者もあろう」

「そうかもしれません」

「そのうちの誰かの思いが、わしの胸に届き、わが胸はわけもわからぬままに、呻《うめ》き出し、早鐘と化すのかもしれない。しかし、だからといって、わしに何ができる?」

「それがよく知っている人の危難だったら?」

「ふうむ」

と、雲海は自分の胸に手を当て、

「本当に胸騒ぎがしているのか?」

「はい」

「怖いか?」

「ちょっと」

「わしに摑まってもよいぞ」

と、雲海は言った。ふだん憎たらしいこの小坊主が、ふいに自分の子であるかのように愛おしく思えた。

「いえ、大丈夫だと思います」

「では、祈れ。無事を御仏に祈れ」

「そうします」

狆海は掃除を中断し、本堂に上がってお釈迦さまの座像に手を合わせた。

雲海はそれを見て、もう一度、自分の胸に手を当てた。

「わしは、やはり胸騒ぎなどしておらぬぞ」

と、不思議そうに言った。

七

光を背にしないこと。

そして、向かい風に立つこと。

これが竜之助にとって、勝利の方策となるはずだった。

徳川宗秋は、逆だろう。

光に向かって立つこと。

風を受けさせないこと。

そこに留意するはずだった。

この橋は、北西と南東に結ぶ方角で架けられていた。

陽は昇りはじめ、中天近くまで来ていた。

風は西から来ていた。これを向かい風に遣う。

すばやく有利な場所を考えた。東側に立つ。

――陣地取りだ。

竜之助は動いた。風を探りながら、東に回り込んでいった。

ところが、徳川宗秋はそんなことはまるで意に介したようすがない。

竜之助が東にいくと、宗秋はまるで上座に客を迎えるような自然な動きで西側に立った。

「ふっふっふ。刀の反射光を単純に考えたみたいですな。だが、刃の向きで、光はどこからでも反射させることができるのですよ。ほら、このようにね」

こまかい光がちかちかと竜之助の目を撃った。

「なんと」

光を受け、はじく。

それだけだと思っていた。

そうではなかった。陽光がおのれの背後にあっても、それを下段に構えた刃で受け、滑らせるように角度を変えて、こっちに放射することもできるのだった。

──眩しい……。

下段に構えた大小の剣が、交互に襲ってくる。それは嫌らしいほど悪意を感じる光だった。

「しかも、ここは海風、川風、向こうの愛宕山《あたごやま》の山風など、のべつ風向きが変わるところでしてね、ほら、風が変わりました」

たしかに、西風が東風に変わっていた。

そうした地形の条件まで知り尽くして、徳川宗秋はここを決闘の場に選んだのである。すなわち、

──来た時点で、すでに自分は不利な戦いを強いられている……。

一瞬、悔いの感情で胸がいっぱいになった。

だが、そんなことは決闘においては当たり前のことである。むしろ、敵の意図を察したとき、逆にそれがこちらの優位につながることも充分ありうるのだ。

竜之助は寝かせていた刃を起こすようにした。

──風鳴の剣も同じだ。

向かい風に立って逆風を力に変えるだけではない。順風を受けて帆をはためか

すように、刃を風に乗せてやるのだ。

刃が最高潮に鳴きはじめた。悲しげな音色が雄叫《おたけ》びのような音まで高まった。

光が竜之助の目元で乱舞する。

かまわず竜之助の剣が、滑るように動きはじめた。

八

ほんのわずかな時間であったろう。

これまでの光景が竜之助の脳裡をかすめていった。人は死ぬ前に、これまでのできごとを走馬灯のように思い出す——そんな話を聞いたことがあった。

これがそれなのかもしれなかった。

うすぼんやりした視界の向こうに父と母がいた。気配からすると、あの田安家の屋敷である。

二人は背中を向けていた。

近づいていくと、母が振り返った。母は泣いていた。いや、怒っていた。

「もどりなさい」

と、突き飛ばされたような気もする。

「母上、どうして？」

すがって泣きはしなかったか。

竜が見える玉が浮かんで消えた。

かわりにやさしい女が竜之助を抱き上げた。いい匂いがしていた。のちにふたたびめぐり会った女である。

その柔らかさにずっと埋もれていたかった。

父は早くに亡くなった。荘厳な葬礼の儀式が浮かんだ。しかし、感情は乏しかった。

隣りで爺いが泣いていた。

「若、おかわいそうに。だが、大丈夫ですぞ。爺いがついていますから」

本当に「爺い」と言ったのだろうか。支倉辰右衛門だって、まだ若かったはずである。もしかしたら、支倉の父親だったのだろうか。

そして、柳生清四郎が現れたときのこと。竜之助はまだ七歳だったはずである。

「お血筋の男子の中で、もっとも優れた資質をお持ちの方に、江戸柳生家の真髄、新陰流《しんかげりゅう》の極意を伝授することになっております」

そう言って、三代将軍家光《いえみつ》公のお墨付きを示したのだった。

そこから自分の人生は大きく変わったのではないか。

剣に熱中した日々。七歳から二十二歳までの十五年間。つらくもあったが、幸せな時代だったかもしれない。

風鳴の剣を完成させたときの喜びがよみがえった。まさかそれが、次々に大きな苦難と不幸をもたらすものとは予想だにできなかった。

やよいが身のまわりの世話に現れたのはそのころからだったか。

あの色っぽいやよいが。いや、もしかしたら、色っぽいというより、やさしさが眩しかっただけなのではないか。

「新陰流の極意を身につければ、自然と数々の危難を呼び寄せることになるのです。わたくしは、その危難から竜之助さまをお守りするために参りました」

やよいはそう言った。

じっさい、やよいはよくやってくれたのである。危難を未然に防いでくれたことも何度となくあった。

そして、初めて南町奉行所を訪ねて、小栗忠順から見習い同心になる許可をもらった日のことは忘れられない。

八丁堀の屋敷をいただき、田安の家を離れて暮らし始めた。その嬉しかったこと。

最初に関わった事件は、神田の妻恋《つまごい》神社の祭礼で起きた人殺しだった。下手人は叩き斬ってやりたい悪党かと思えば、同情心さえ覚えた弱い女だった。

あれからいくつの事件と関わったのだろう。犬の身代わり死体の謎も難しかったし、子どもが大人になって帰ってきたという謎が解けたときはすうっとしたものである。

同心になったときから、二年が経とうとしているのだ。

だが、巷で暮らすということは、葵《あおい》新陰流を撃ち破ろうとする者たちを招き寄せる結果になってしまった。

最初にやって来たのは、肥後《ひご》新陰流の剣士たちではなかったか。

そして、あの宿命の敵となった柳生全九郎との最初の対決。

柳生全九郎とは三度、戦ったはずである。

すでに亡くなっている男と対決したこともあった。なんと奇妙な対決だったろう。

恐ろしく腕の立つ老剣士もいたし、三刀流を扱う剣士もいた。まるで鏡のように相手の剣を習得してしまう男と戦い、封印していた風鳴の剣を復活させたのだった。

——あっ。

回想がふいに途切れた。

左の手に痛みが走った。

徳川宗秋に斬られたのか。

そうではなかった。柳生全九郎に斬られたときの痛みがぶり返したらしい。

その痛みを覚えつつ、竜之助は風鳴の剣を振り切っていた。

骨がきしみ、肉が呻いた。

あまりにも速い刃の動きだった。

九

徳川宗秋は大きくのけぞった。喉をそらせ、顔は完全に上を向いてしまった。

湾曲した背骨が痛んだ。

胸元を清冽《せいれつ》な流星が奔《はし》った。

「うぉっ」

という声が出た。熊が銃撃されたとしたら、こんな声を出すかもしれない。驚きと初めて感じた恐怖。

それくらい凄《すさ》まじい速さで、竜之助の剣が奔ったのだ。

宗秋の体勢は完全に崩れた。危うく仰向けに倒れるところだった。

いままで、どんな立ち合いにおいても、体勢が崩れるなどということは経験したことがない。それくらいに、鍛え上げてきた足腰のはずだった。

一瞬、次の剣に怯えた。

——これまでか。

とすら思った。

もし次の剣が来ていたら斬られたかもしれない。

だが、次はなかった。

徳川竜之助はゆっくり刀を引き、青眼の構えにもどった。それは軍の動きでいえば、明らかな退却だった。

なぜかはわからない。

あの凄まじい一刀が完全に相手を圧倒したと知ったとき、すぐさま次をくり出すのは鉄則ではないか。

どんな剣法においても、それは同じはずだった。

だが、いまや竜之助はふたたび体勢を整えているらしかった。肩で息をしている。激しく汗が流れている。さっきより顔色は蒼ざめ、疲労感すら浮かんでいた。

――そうか……。

徳川宗秋はその意味を察知した。

風鳴の剣の速さは、人間の身体の力を上回るほどなのだ。雪崩を受け止めるような力が骨や肉に掛かってくるのだ。そのため、ただ一振りで疲弊し、壊れたようになってしまうに違いない。

すなわち――。

本来、風鳴の剣はただ一振りで決着をつける剣なのだ。

ましてや、竜之助は左手がままならない。どうも、全九郎によって斬られたらしい。それではあの剣の使用に耐えきれないだろう。

それほどに、速い剣だった。いままで見たこともなかった。

受けようもなかった。かわすのが精一杯だった。それでも胸元をかすった。徳川宗秋はかすかではあるが痛みと、自分の血がたとえわずかでも流れ出るのを感じた。

剣で戦って、初めてのことだった。

それが徳川宗秋の自尊心を傷つけ、激しい怒りに火をつけた。

十

徳川宗秋の幅広の刃に波紋はない。それが光をはじく。銅の鏡などより遥かに美しく、混じり気のない光をはね返す。いや、むしろ直接受ける陽の光よりも強烈になっているのではないか。

光は静止しているわけではない。やんちゃな悪戯《いたずら》っ子のように、あるいは祭りの日の若い踊り子のように、走り、踊る。ときには帯のように長く、槍のように鋭く、竜之助の目を射る。

痛みを覚えるほどの光の連続、息苦しくなるくらいの光の圧力だった。

日照りのときの、農民の気持ちみたいに、竜之助は陽の光を憎み、呪いたくなっていた。

──見ては駄目だ。

竜之助はそう言い聞かせる。何度も言い聞かせる。そうしないと、つい光に目がいってしまう。

徳川宗秋の足を見るのだ。足の動きだけでもかなりわかる。前後にも左右にも足が動くから上半身がついてくるのである。

相手の上半身は視界の隅にぼんやりと置く。そのほうがむしろ惑わされない。すべて見ようとしては、なにもかも見えなくなる。

だが、並の相手ではない。

光が消えたかと思ったときには、もう剣が襲ってきている。

かわすのが精一杯である。

——せめて足を止めたい。

と、竜之助は思った。そのためには、意表をつきたい。

横に飛んで、這《は》いつくばるように地面ぎりぎりに剣を差し出した。

かかとをかすった。

徳川宗秋は目を瞠《みは》った。それはそうだろう。地べたを這いずりまわる剣など夢にも思わなかっただろうから。

だが、これが町方同心の剣なのだ。世の中の下のほう、底のほうをすくうようにして、目的のものを摑む剣。

上から宗秋の剣がきた。竜之助は転がって逃げた。

背中をかすられた。だが、かかとを斬った分だけ、追撃が甘かった。

それでも血が流れる生温かい感覚はあった。

すばやく立ち上がって剣を構えた。

――もう一度、風鳴の剣だ。

風を探る。絶好の向かい風。さらに強まる。刃が鳴きはじめる。

「とあっ」

「えいっ」

今度の剣は受け止められた。胸元ぎりぎりまでずいぶん食い込んだが、交差した二刀を押し込みきれなかった。

またも剣の速さで体勢が崩れた。

そこを徳川宗秋の剣がきた。

「うわっ」

ぎりぎりでかわした。

それでも髷《まげ》の端をかすめ、髪が飛び散った。

十一

二人の動きにいくらか間が空いた。

これだけの動きでも、かなり疲弊していた。

風鳴の剣の凄まじい速さ。

それを受けたときの衝撃。

そして、雷鳴の剣をあやつるときの全神経の集中。

二刀を光らせながら斬り込むときの力。

それらは二人の剣士から、ほかの相手ではあり得ないくらいの体力を奪い取っていた。

竜之助は荒い息を整えていた。

だが、相手に悟らせてはならなかった。見栄ではなかった。戦術でもなかった。相手を騙《だま》す前に、まず自分を騙さなければならない。わたしは息など切れていない。わたしは疲れてなどいない……。

戦いはそういうものだった。

竜之助はふと、もうひとつ問い質すべきことがあったのを思い出した。

柳生全九郎のことである。

全九郎は柳生の里というより、尾張新陰流からの刺客だった。となれば、背後にいたのはこの男ではないか。

幼いときから風鳴の剣を破るためだけの剣を学ばされた。そんな奇矯《ききょう》な人生をつくる意味はどこにあったのか。

「最初から直接、わたしと対決すればいいものを、わざわざ柳生全九郎に風鳴の剣を封じる剣を学ばせやがった。幼い人間をゆがませてまで」

と、竜之助は言った。

自分の人生に哀しみを覚えるとき、全九郎のことを思えばまだ耐えられた。それほど哀れな少年だった。

「ほう。全九郎に同情してくれましたか」

「その意図は、風鳴の剣を雷鳴の剣の下に置くためだろう?」

全九郎に敗れてしまえば、雷鳴の剣の位置まで届かなかったことになる。

「ふっふっふ」

徳川宗秋は笑った。

「なにがおかしい?」

「柳生全九郎はわが息子」

「なにぃ？」

竜之助は愕然《がくぜん》とした。耳を疑った。

だが、顔が似ていた。さっき、この男が誰かに似ていると思ったのは、柳生全九郎のことだったのだ。

「柳生全九郎は、柳生の里に預けたが、まぎれもないわたしの息子なのです」

「そうだったのか……」

知らなかった。

「柳生全九郎は亡くなったぞ」

と、竜之助は告げた。もしかしたら、まだ知らずにいるかもしれない。

「全九郎はわたしが斬りました」

「お、おめえが……なんのために？」

「自分の宿命が知りたくて、全九郎はこの築地の藩邸にやって来たのです。そして、わたしに斬りかかって来ました。そうなれば、親子というより剣客同士のこと。斬るしかありますまい」

「哀れとは思わねえのか？」

「竜之助さま。あれを哀れと思えば、わたしも竜之助さまも皆、哀れでございましょう」

そうなのだ。全九郎も竜之助も、そしてこの徳川宗秋もまた、風鳴の剣に操られた哀れな人間なのだ。さらには、風鳴の剣に挑んで敗れ去った剣士たちもまた……。

「なんということだろう」

愕然としている隙に、

「てやっ」

いきなり徳川宗秋の突きがきた。二刀流からの突き。

意外な攻撃だったが、刀を合わせ、横にすべらせた。

そのわきをかいくぐるように剣を走らせたが、宗秋も横に飛んでいる。

「全九郎は知っていたのか、あんたが父親だということを？」

と、竜之助は訊いた。

「最後に伝えました。雷鳴の剣を遣うときに」

「それを知ってから死んだのか」

「驚いておりましたが」

「なんとかわいそうなことだ……」

また宗秋の剣がきた。

大刀を受けながら、小刀をかわした。

あいつぐ光の攻撃で、視力はどこまであるのかもわからなかった。

ただ白い光の軌跡をかろうじて避けているようだった。

一歩下がって言った。

「全九郎は、それを知ったから斬られたんじゃねえのか」

「わざと斬られたとおっしゃるのですか？」

「そうじゃねえのか。わざとでなかったら、衝撃が戦う力を奪ったんじゃねえのか」

「そうではありますまい。まだまだ、わたしの敵ではなかったのです。竜之助さまの敵でもなかったように」

「いや、ちがう……」

柳生全九郎はまちがいなく剣の天才だった。だが、心が弱かった。それはそうだろう。あんなねじ曲がったような育てられかたをしたのだから。

いったいなんという死だったのだろう。

全九郎が哀れでたまらなかった。

あまりの酷《ひど》さに吐き気を覚えた。この世のあらゆるものが嫌いになりそうだった。

「竜之助さま。全九郎の死は、武芸者の宿命です。秘剣をつなぐ者の宿命なのです。だから、あまり哀れんではいけないのですよ」

「なんと」

「しかも、竜之助さまも誤解なさっていた」

「なにを？」

「風鳴の剣を雷鳴の剣の下に置くためとおっしゃった」

「違うのか」

「わたしもたったいま気がつきました。光と風。どっちが王者の剣にふさわしいと思われますか？」

「え……」

「本来、雷鳴の剣が将軍家に伝わるべき剣だったのではないでしょうか」

「なんだと……」

「それを逆にしたのは、おそらく柳生連也斎《れんやさい》の深謀遠慮《しんぼうえんりょ》。途中、吉宗《よしむね》公がそれに気づき、執拗《しつよう》に尾張の頭を押さえつけようとしてきたのではないでしょうか」

宗秋は勝ち誇ったように言った。

そうかもしれなかった。

だが、竜之助の気持ちに動揺はなかった。

嫉妬《しっと》も、怒りも、悔しさもなかった。

だから、なんなのだろう。

尾張と将軍家の確執。この世の無数の争いのひとつではないか。

それは、幕府ができたばかりのころは、多少の意味はあったかもしれない。

だが、すべては変わっていく。

もはや、尾張も宗家もない。ともに押し流されていきつつある。しかも、尾張と宗家を戦わせて、幕府の力を失わせようとする動きまで見られる。したたかな戦略家が、倒幕派の中枢にはいるのだ。

「だから、本来あるべき場所、秘剣が示すところにもどるのです」

徳川宗秋は自信に満ちた口調で言った。

「……………」

「尾張が将軍の地位につくのがよろしいかと」

「まだ、そのような」

徳川宗秋は、幕府という沈みかけた夕陽を止めようとしているのだ。

十二

「この川はこんな奥まで来ていたのか」

文倉辰右衛門は、初めて通る水路で左右の岸を見上げていた。

本願寺の周囲が掘割になっていたのはうっすら覚えがあった。だが、そこからさらに支流がお浜御殿のほうへ延びていた。

両岸は大名屋敷だった。塀の中から大きな樹木の枝が川をおおうように張り出してきている。

岸の片側に道があるらしいが、人の通る気配はほとんどなかった。

この炎天下に、武家屋敷の連中は屋敷の日陰、風が通るあたりで、ひっそりとなりをひそめているにちがいなかった。

面倒な心配ごとさえなければ、じつに心地よい水路だった。爽やかな風が流れ、水の音が柔らかくささやきかけてきた。

江戸の下町は、こうした水路が縦横に行き交っている。ここは素晴らしい水の都なのである。

やよいがふいに声をあげた。

「支倉さま。あれを!」

ちょうど橋の下にさしかかり、強い日差しが途切れたときだった。

もう一つ向こうの橋で男たちが斬り合っているのが見えた。

「まちがいない。竜之助さまだ」

「上がりましょう。上に」

だが、このあたりは石垣で覆われ、舟をつけるところがない。

「いったん戻れ。本願寺のあたりに上にのぼれるところがあった」

舟は大急ぎで迂回《うかい》した。

十三

いったい何度、風鳴の剣をくり出したのだろう。

どれだけの光で目を焼かれたのだろう。

ずっと消えていたはずの竜之助の左腕の痛みがぶり返していた。

もはやほとんど動かない。痛みだけが、この腕の存在を教えてくれていた。

この傷は痛いだけではなかった。自分になにかをもたらしてくれた。一度はおのれの身体を離れたにもかかわらず、接ぎ木のようにもう一度つながった奇蹟の手。

もしも、つながっていなかったら、こうして戦うことはできなかった。

いや、戦うことがよかったのか。

――もしも、柳生全九郎の魂が、この戦いを見守っているとしたら、全九郎はどちらの勝利をのぞむだろうか。

ふいに浮かんだその疑問は、竜之助の胸に突き刺さった。

全九郎はやはり、じつの父の勝利を願うのではないか。

あるいは、丈吉とお紺。二人は真にわたしの戦いを応援するだろうか。

もうやめてくれと目をそむけるだけではないのか。

――だとしたら、わたしはいま、何のために戦っているのか。

人は何のために戦うのか。

光が乱舞している。

崇高なはずの光が、悪意や敵意を秘めて、竜之助を襲いつづけていた。

徳川宗秋が放射する光は、竜之助の刀に当たり、さらにはじける。

光が竜之助の左手を撃つ。それが残像となって、いつまでも目の隅にある。

瞼の裏に、別の手が重なった。

弥勒《みろく》の手。

その手に操られてここまで来たような気がする。

だが、そんなことはありうるのか。一時の気の迷いなのか。妄想なのか。

運命はあるのか。

ひたすら切り拓くものなのか。


羽ばたきの音がした。

空を鳥が舞っていた。お浜御殿の鳥たちである。それが殺気でも感じたのか、いっせいに飛び立ったらしい。

大群だった。低く飛んで二人のすぐ頭上を通り過ぎていった。

いや、鳥だけではなかった。

蜻蛉《とんぼ》の群れも過《よぎ》っていた。

蟬の声がしぐれとなって地上に降り注いでいた。

地上にあふれる生きものたちを感じた。それは命を感じることだろうか。

橋の下では魚たちが川をさかのぼっているかもしれない。

土の下では、最後のカブトムシの幼虫たちが地上に出て行こうとあがいているかもしれない。

いや、自分がそれなのかもしれない。ただ生きようとあがいている一匹の命……。

雲海と狆海が寺の本堂にいるのが見えた気がした。

二人は釈迦の像に手を合わせていた。低い声で祈っていた。

だが、何を祈ってくれているのか。わたしの勝利か。

人は祈るしかできないときがある。

もしかしたら、人は祈るために生まれてきたのか。

竜之助は精も根も尽き果てていた。戦う意味さえわからなくなっていた。

だが、敗れたらもう答えを探すこともできない。

戦うことは宿命であり、敗れたら死が待っている。生はなんと過酷で、せつないものなのだろうか。

しかも、ずっと勝ちつづけることもできるわけがない。

風が刃だけでなく、耳元でも鳴っていた。

風がささやいた気もした。

——光の中へ。

光を受けようとしては駄目だ。避けることも逃げることもできない。中へ突き進んでこそ、わかるものがある。

剣を横に寝かせたまま、竜之助はいっきに前に出た。

徳川宗秋の大小の剣は頭上で交差している。

そこから光が降り注いできている。

そこに向けて剣が滑っていく。いや、飛んでいく。

身体がきしんでいる。筋が千切れている。あまりにも強い力で、凄まじい速さで動くため、身体がそれに耐えられないのだ。

竜之助の剣が横に円を描いた。

徳川宗秋の大小の剣が二つにわかれた。

竜之助めがけて左右から落ちてきていた。

その二つの動きを、ほぼ同時に竜之助の剣が薙《な》いだ。

大小の剣がふいに左右の空に飛んだ。摑んでいる手首ごと、宙を舞った。

また、弥勒の手のことを思った。

「あっ、あああ」

徳川宗秋が叫んでいた。

竜之助は動きを止めた。

剣は宙にとどまったままである。

その止めた剣に宗秋が身を寄せた。手首を失った腕で刃を強く首に当てた。

鮮血が噴き出た。それは土砂降りのように、竜之助や周囲の地面を叩いた。

「もはや、これまで」

「なんと」

「全九郎の元へ詫びにまいる」

と、竜之助の耳元で宗秋が言った。

「宗秋さまっ」

ふいに叫び声がした。

離れた場所から駆け寄ってくる者の姿がぼんやり見えた。若い武士だった。いや、竜之助は見覚えがある。丈吉の事件で見え隠れしていた浪人者だった。

宗秋の手の者なのだろう。それが抜刀し、駆けて来た。

「仇を！」

まだ戦いは終わらないのか。

憎しみの連鎖は尽きることがないのか。

竜之助にもう戦う力は残っていない。斬られるしかない。

目を閉じた。

大勢の者たちが待っている気配を感じた。

「待ちなさいっ」

別の声がした。女の声だった。毎日聞いていたやさしい声だった。

竜之助はうっすら目を開けた。

手裏剣が飛び、若い侍の手首に突き刺さった。

「それ以上の戦いを、お二方は望まぬでしょう」

「ううっ」

若い武士は膝を落とし、頭を垂れた。

憎しみの連鎖は途切れてくれたらしかった。

やよいたちが駆けつけて来た。

「若。ご無事で」

支倉がへたり込んだ。

「若さま」

やよいが血まみれの身体にしがみついた。

「竜之助」

お寅は頰に手を当てた。

「母上……」

と、竜之助はつぶやいた。

「母……ですって」

「あなたが母でしょう」

「はい」

お寅が泣きながらうなずいた。

——やっぱりこの人はわたしの母だった。

それはいつ、知ったのだろう。

あの長屋で、腕を斬られて横たわっていたとき。

あのとき、わたしは子どものときの遠い記憶を呼び覚ましたにちがいない。まだ、蚕《かいこ》が繭《まゆ》の中にいるような心地よさの中で。

そっと隣りを見た。徳川宗秋が横たわっていた。

安らかな顔になっていた。夢でも見ているようだった。柳生全九郎とは逢えたのだろうか。

「さあ、帰りましょう」

と、母が言った。

竜之助は首を横に振った。

まだ帰りたくなかった。立ち上がる力も気力もなかった。生きる力や気力すら失ったかもしれない。

「お腹も空きましたでしょう」

と、やよいが言った。

食べたくもなかった。水も飲みたくなかった。

話したくもなければ、何も見たくなかった。疲れ切っていた。この世にいたくなかった。

それでもこの世の空気は感じていた。空を何片かの雲が流れていた。日差しは眩しかったが、さっき竜之助の目を射つづけた残酷な光のようではなかった。風が吹いていた。静かな風だった。汗が乾いていく感覚が心地よかった。

涙が頬を伝いはじめた。

いまの願いはたった一つだった。

竜之助はそれを口に出した。

「おいらはもう、戦いたくなんかねえのさ」

それから徳川竜之助は、号泣した。

第四章　江戸の幽霊

一

手代の甲吉《こうきち》は夜中に尿意をおぼえて目を覚ました。

厠《かわや》は一階の奥にあるので、二階で寝ている甲吉は暗い階段を下り、壁をつたってそこまでいかなければならない。

面倒だが、朝まで我慢できそうもない。

火鉢で種火を探り、ろうそくに明かりを点《とも》した。

あるじの部屋にはランプが置いてある。これにマッチで火を点せば、部屋は驚くほど明るくなる。だが、高価なランプやマッチが手代たちの部屋にも置かれるほどには普及していなかった。

窓から外を見ると、まだ表通りにはいくらか明かりがある。ぽつぽつと人通りもある。思ったより遅い時間ではないらしい。

どてらを身体に巻きつけるようにして、手代二人と小僧二人が寝ている部屋を出た。

やけに底冷えがする。

煉瓦《れんが》の建物は冷えるのだ。そのくせ、夏の湿気はひどかった。この手代たちが寝る部屋には畳を敷いたのだが、それが湿気でぶよぶよになったくらいだった。

このため、畳を取り除いて寝台を使うようになったが、やっぱり寝心地が悪い。こんなふうに目が覚めてしまうのも、畳の部屋で寝られなくなったせいではないか。

二階の廊下を奥に向かう。わきに窓があり、隣りの建物の窓が見える。隣りもやはり、ここと似たような煉瓦の二階建てである。

その窓に、人影が映った。

隣りは酒屋である。めずらしい洋酒などを扱っている。

——まだ仕事中なのかな。

ちらっと見た。

向こうの建物の窓ではない。あいだの通路に人がいた。

——え？

ここは二階である。そこに人などいるわけがない。

目が合った。

ちょん髷《まげ》を結っている。着物姿である。

洋装はともかく、このあたりではちょん髷姿は減りつつある。

こっちの光が当たっているのか、不気味な陰影が顔にできて、なんともおどろおどろしい。

「ひっ」

身がすくんだ。

たしか、このところ幽霊騒ぎが起きている。きっとそれが出たのだ。

ちょん髷の幽霊は何か手にしている。鉢植えのようなものだ。

「だ、旦那さま」

大きな声が出ない。

腰が抜けた。

幽霊が何か言っている。

「いまを去ること二十年前……」

聞きたくない。耳をふさいだ。

「誰か、来てくれぃ！」

やっと声が出た。

ガタゴト音がして、主人やほかの手代がおっかなびっくり出てきた。

「どうした、何かあったか」

「そ、そこに……」

甲吉は窓を指差した。

「……お化けが出たんです」

いっせいに窓辺から遠ざかった。それから、おずおずと目を凝らし、

「何もいないぞ」

「いない？」

「ああ、気のせいだろう」

主人は自分に言い聞かせるためもあって、きっぱりした口調で言った。

「気のせいなんかじゃありませんよ。ちょん髷を結った、見るからに江戸の商人みたいな男が……あれは、まぎれもなく江戸の幽霊でした……いったい、どこが

文明開化なんだよ」

と、甲吉は泣きそうな声で言った。

二

いまは明治七年（一八七四）になっている――。

すでに南町奉行所というものはない。

鍛冶橋《かじばし》内、かつて美作津山《みまさかつやま》藩の藩邸があった場所に、東京府の治安を取り締まる東京警視庁がつくられている。

入口近くの一室。そこは、府内を警備する邏卒《らそつ》と呼ばれる役人たちが控える部屋であったが、いちばん奥で邏卒長として威張っているのは、かつて南町奉行所では与力の地位にあった高田九右衛門ではないか。

その高田に二人の男が談判しているところだった。

「なんとか解決してやってくれ。またしても煉瓦街に幽霊が出たなんて噂がまかれたら、せっかくつくった煉瓦街は幽霊町になってしまう」

と言ったのは、銀座煉瓦街の実現に尽力した府庁の役人の一人。

もう一人の小間物屋〈開化堂《かいかどう》〉のあるじも、

「ちゃんと調べてもらって、たとえほんとの幽霊だったとしても、お上の力で、これ以上騒ぎ立てるなと命令してもらえませんかねえ」

と、頭を下げた。

「うん。わかった。何とかしよう。その手の事件には江戸のころから滅法強い男がおるので安心してくれ」

高田は調子よくうなずいた。

かつての南町奉行所では、「役立たず」との陰口までできかれた高田九右衛門だったが、かなりの運のおかげもあったのだろう、江戸っ子とは反りが合わないはずの薩摩《さつま》の人脈に食い込み、新しい組織でも生きのびていた。

「お、ちょうど来た、来た」

姿勢のいい、にこやかな笑顔の男が入ってきた。

三十半ばほどの邏卒である。制服がよく似合っている。

「徳川、待っていたぞ」

「徳川？」

開化堂のあるじが、ぎょっとしたような顔で入ってきた邏卒を見た。

「なんでしょう、高田さん」

まるで屈託がない。

開化堂のあるじは、「ははあ、わかったぞ」というように、小さくうなずいた。

ほんとに徳川家の者だったら、こんなふうにさわやかな顔で邏卒などしていられるわけがない。もっといじけてしまっているはずである。

だから、徳川といっても、新しい戸籍をつくる際のどさくさまぎれに名前をつけた図々しい町人上がりにちがいない——そう思ったのだろう。

だが、この邏卒はまぎれもない、田安徳川家十一男の徳川竜之助だった。

徳川宗秋との戦いのあと三年ほどして、江戸幕府は崩壊した。このとき竜之助は、混乱する町奉行所にふたたび入り込んでいたのである。もちろん、今度は身分を偽ることもせずに。

混乱の中で、あまりうるさく言う者もいなくなっていた。皆、他人のことより、新時代を生き延びることで必死だった。

新政府もあらゆる組織をいきなり一新することは不可能で、しばらくのあいだは町奉行所がそのまま新しい東京の治安を守った。

だが、まもなく組織の改革が進み、ここに西洋に倣《なら》った警察組織、東京警視庁が誕生したのである。

もはや、定町廻り同心も臨時廻り同心もいない。火付盗賊改めもいない。直接、市民と接し、治安を守るのは邏卒と呼ばれる人たちだった。

この邏卒、姿かたちもかつての同心とはまったくちがう。洋風の制服姿である。もちろん小銀杏《こいちょう》などと呼ばれたちょん髷も結っていない。ざんぎり頭である。

腰に剣はない。下げているのは警棒である。

だが、昔から竜之助を知っている町の連中は、「新時代になってもいい男」と、ほめそやしてくれていた。それに自分でも、ざんぎり頭は気に入っている。額に髪がかかる風情は、ちょん髷頭には出せない。

邏卒の制服も、なにせ洋服だから、長身で足の長い竜之助のためにできたみたいに似合っている。

「徳川、銀座の煉瓦街に幽霊が出たらしいぞ」

と、高田が言った。

「ははあ。そういえば、ちょっと前にもそんな話がありましたね」

そのときも竜之助が調べに行くはずだったが、ほかの事件を追いかけているあいだに、幽霊は出なくなってしまった。

「ふた月ほど出てなかったのだが、この十日ほどで三度目だ」

「寒くなるのに幽霊ですか」

竜之助は面白そうに言った。

「おい、面白がっている場合じゃないぞ。煉瓦街は新しい時代の象徴なんだ。そこにちょん髷の幽霊が出た。まるで江戸の名残りだ」

と、府庁の役人が困った顔で言った。

「たしかにそうですね」

「どうせ悪戯《いたずら》だろう」

「本物だったら？」

と、竜之助は訊いた。

「本物だったら……頼んで銀座からは出て行ってもらえ。深川だの本所だのは、まだまだ江戸と変わりはないんだから、あっちに行ってもらえ」

役人は真面目な顔でそう言った。

銀座煉瓦街ができつつある。

明治五年二月に和田倉門内の兵部省の官舎から出火した火事が、銀座から新橋一帯を焼きつくした。首都がこんなにしょっちゅう焼けていたら、文明開化など推し進められるわけがない。そこで、銀座一帯に、西洋の耐火建築を倣ってつくりあげたのが、銀座の煉瓦街だった。

ただし、家賃が高いことや湿気がひどいこともあって、入居者は少なく、まだ閑散としていた。

開化堂は、その評判の悪い煉瓦街にいちはやく入ったありがたい店である。頼みはできるだけ聞き入れてやらなければならない。

「まかせてください。では、徳川、調べてみてくれ」

「わかりました。さっそく現場を見に行きましょう」

もどって来たばかりなのに疲れも見せず、徳川竜之助は依頼人の開化堂をうながした。

高田邏卒長は、そんな竜之助を頼もしそうに見て、

「わしもあとで立ち寄ってみるからな」

と、軽く背中を叩いた。

三

開化堂があるのは、銀座三丁目だという。かつての新両替町《しんりょうがえちょう》三丁目である。

東京警視庁からも、鍛冶橋を渡って歩けば十分ほどで着いてしまう。

「煉瓦街はいろいろ不便がありましてね」

と、開化堂のあるじは歩きながら言った。

「それはよく聞きますよ」

「わたしは浅草からこっちに移って来たのです。例の廃仏毀釈《はいぶつきしやく》の騒ぎで、これからは寺のまわりは寂れる一方だ、新しい繁華街は銀座だという声を聞きましてね」

「そうかもしれませんよ」

「いやあ、来てみたら、そうは思えなくなってきました。このあいだの幽霊騒ぎからちょっとは家賃を安くしてもらったのですが、それでも儲けはほとんど出そうにないです」

「まだ、空き家だらけだから、人も集まらないですしね」

「ほんとです。幽霊騒ぎでいくら家賃がどんどん下がっても、人も来なくなっていったら東京の真ん中が田舎になっちまいます」

じっさい、明治初期の東京は、その危機にあった。

江戸の中心地の七割ほどの面積を占めていたのは、大名屋敷や幕臣たちの家だったが、大名たちは江戸を去って国許に行き、幕臣の多くも徳川家とともに静岡に移住して行ったりした。

これらの土地は新政府のものとなったが、そんなたくさんの土地は必要ない。このため、かつての屋敷跡は荒れ、茶畑や桑畑となっているところも少なくなかったのである。

だいたいが、東京という名前ですら、東の京という意味で、地名であるかどうかもはっきりしていない。呼び方でさえ、「とうけい」と呼んだり、「とうきょう」と呼んだり、定まってはいない。

ここが都であるかも、じつは決定していない。正式な遷都《せんと》の発表はなされておらず、江戸城に入った天皇が、もし京に帰るようなことがあれば、東京はますます閑散としてしまうだろう。

明治七年の東京とは、じつにそれくらいの、頼りないような町だったのである。

あるじが愚痴っているあいだに、三丁目の開化堂に着いた。

竜之助は直接、幽霊を見たという手代の甲吉を呼んでもらった。

まだ二十二、三の若い手代である。

「どこに出たんですか？」

「その上ですよ」

　窓を開け、下から二階のほうを指差した。

「宙に浮いてました」

「へえ」

　隣りの建物とのあいだは幅一間ほどある。そこに浮くとなると、人間業ではない。竜之助もさすがに背筋がぞっとした。

「わたしは二階の窓からまともに見ましたからね」

「では、二階から見せてください」

　階段を二階に上がった。江戸の建物より、階段などはだいぶ広く、しっかりしている。

「ここです」

「なるほど」

　向こうの建物がよく見える。ここと似たような造りで、一階が回廊ふうになっており、二階は手すりがついたベランダになっている。

「目が合いましてね。怖かったです」

「すぐに幽霊だと思ったのかい？」

「話を聞いてましたからね。それで、何か言ったんです」

「言った？　何て？」

「怖くてよく聞いていないんですが、たしかいまを去ること二十年前と……」

「二十年前ねえ」

もちろん江戸のころである。

黒船はすでに来ていたが、こんな時代が来るとは誰も予想していなかっただろう。いまや、新橋横浜間を蒸気機関車が爆走し、道を馬車が行き交う時代である。この通りにもまもなくガス灯がつけられ、夜を昼に変えようという試みがなされる。そうなれば、幽霊の出番はぐんと少なくなるはずである。

じっさい、横浜ではもう町の通りにガス灯が設置されている。だが、それで驚いてはいられない。そのガス灯よりもさらに明るい電灯というものまで、そう遠からず設置される予定らしい。

銀座煉瓦街は、こうした文明開化の先端を走っていなければならないところなのだが……。

「また、いかにもそれくらい前の幽霊って感じがしたんです」

「どういう意味だい？」

「できたばかりの幽霊じゃなく、昔の恨みつらみがあるって感じですよ」

「ちょん髷だったからかい？」

「いいえ。ちょん髷のやつなんざまだいくらもいますでしょ」

「そうだな」

三年前に、散髪脱刀の自由という法令が出された。ちょん髷を切るのも、刀を差さずに歩くのも自由だというわけで、ちょん髷と刀を禁じたわけではない。だが、時流というもので、ざんぎり頭と無刀がたちまち増えていった。

「あ、そうだ。おもとの鉢を抱えていたんです」

と、手代は恐そうに肩をすくめて言った。

「おもとの鉢？」

「ええ。昔、流行《はや》ったんでしょ。江戸ではどこの家でもおもとを育てて、珍種を競い合ったとか聞いたことがあります」

「ああ、そうだったかもしれねえ」

たしかに長屋の路地などにはずいぶん置いてあった。

いまだって、お城の周囲や銀座の煉瓦街を除いたら、そんなところばかりである。おもとだって、流行にはなっていないにせよ、まだまだたくさん置かれている。手代の言い方には、自分は文明開化の先端にいるのだというちょっとした気取りがあるのではないか。

だが、この煉瓦街あたりには、路地の鉢植えなんてものはまったく見当たらない。

「その鉢を、こう頭の上にあげて」

と、手代はその恰好をしてみせる。

「頭の上に」

「ええ。殴りかかるみたいな恰好でした。そこでわたしは怖くて、ひぇえええっと」

「おもとの鉢だから、昔の幽霊か」

「それだけじゃありません。なんとなく古ぼけた感じがしたんです」

幽霊を思い出したらしく、ぶるぶるっと震えた。

「古ぼけた感じねえ。年寄りの幽霊だったのかい？」

「年寄り？　そんなことはわかりませんよ」

「でも、若いとか爺さんとかの区別は、ぱっと見ただけでもつくだろう？」

「それが、ぼやっとして、はっきり見えねえんですよ。ああ、だから古ぼけた感じがしたのかもしれません」

昨夜は満月だったはずである。

暦が変わって太陽の動きで日にちを計るようになったら、月の具合がまるでわからなくなった。十五日といっても、満月とは限らないし、一日から月が輝いていたりするのだ。

夜回りなどもする竜之助は不便なので、新しい暦と古い暦の両方を机の上に置いて眺めている。

ただ、暦はともかく、時刻の数え方は西洋のもののほうが便利な気がする。なんせ以前の時刻は、日の出と日の入りを基準に割っているだけなので、夏と冬の時刻の長さはずいぶん違うのである。

だが、西洋の時刻では、日が出ていようが出ていまいが、午前六時は午前六時で一定している。馴れてくると、こっちのほうが一日の計画なども立てやすかった。

「霧がたちこめていたのかもしれませんね」

手代はそう言って、首をかしげた。

四

もう一人、ふた月前に幽霊を見た男にも訊いた。

開化堂の幽霊が出たほうとは反対側の路地をはさんだ隣りの店である。〈梅田《うめだ》屋《や》〉という筆屋だが、西洋のペンやインキも扱っている。その娘婿が見た。

「あそこです」

と指差したのは、通りをはさんだ向かい方の路地の奥である。

「あそこにぼおっと立って、煙草を吸ってました。こんなに長いキセルを使って」

と、一尺半ほどの長さを両手で示した。

「近くに行ってみたかい？」

と、竜之助は訊いた。

「いやあ、怖いからここから見てただけです」

娘婿は、柱の陰に隠れるような恰好をした。

「ここからだと、顔とかははっきり見えていないね？」

「そうですね。それに俯いて、横向きだったし」

「ちょん髷は？」

「さあ……月代《さかやき》があったような感じはなかったから、ざんぎり頭だったかもしれませんね」

「そのあとは？」

「まもなくすうっと消えましたよ」

消えたというあたりに行ってみた。

裏手は小さな横道になっていて、まだ昔ながらの古い木造家屋も残っている。もしも幽霊の正体が人間であっても、こっちに逃げ込んでしまえば、忽然《こつぜん》と消え去ることになるだろう。

「何か言ってたかい？」

「何も言ってませんよ」

「人が立ってるだけとは思わなかったのかい？」

「いや、思いましたよ。でも、そういう幽霊が出るって、おやじからも聞いていたんでね。すぐにあれかと思ってしまいました」

恐がっているというよりは、有名な人と出会って喜んでいるというように見えた。

「誰かの幽霊だったのかね？」

「さあ」

「植木鉢は持ってなかったかい？」

「植木鉢？」

「そう。おもとの」

「ここらにおもとはないですよ」

と、娘婿は路地を指差した。

「うん。でも、幽霊が持って来たんだったらな」

「いやあ、そんなものは持ってなかったですね」

と、娘婿は首をひねった。

——ん？

誰かが見ている気がした。

さりげなく上を見ると、この建物の横の窓から男がこっちを見ていた。

歳は七十くらいか、頑固そうな顔をしていたわりには、ざんぎり頭で洋服も着ていた。

竜之助と目が合うと、そっと目をそらし、頭を引っ込めてしまった。

「いまのは？」

「義理のおやじです。昔からここで商売をしていたのですが、こんな煉瓦街になってしまって、家賃ばかり高くてどうしようもないとこぼしています」

「でも、家賃は下がったと聞いたぜ」

「ええ、それで、新進堂《しんしんどう》さんなども入って来たんですから」

と、開化堂の向こう側を指差した。

五

竜之助は次に、その新進堂を訪ねた。

ここは酒屋らしい。中をのぞくと、「ウイスケ」とか「ぶどう酒」という貼り紙が見える。名前が知られた樽酒もある。日本酒と洋酒と両方扱っているらしい。こういう店なら、煉瓦街にあったほうがしっくりくるだろう。

店先から声をかけた。

「ちょっと話を訊きたいんだがね？」

竜之助の恰好を見て、

「警視庁の方ですか。ああ、いいですよ。どうぞ」

と、店内に入るよう勧めてくれた。

若い店主である。まだ二十七、八くらいか。

奥で丸髷を結った背の高い女が軽く頭を下げた。女房らしい。

「ここには引っ越して来たばかりなんだってな？」

「ええ。まだ半月ほどです」

「どこから来たんだい？」

「新橋です。ステンショの近くでやってました」

と、店主は言った。

ステンショとは駅、ステイションのことである。左右対称の洋館で、煉瓦街の建物とはまた趣《おもむき》が違っている。

横浜からの客がほとんどで、彼らを乗せるための馬車やら人力車がいっぱいいたむろし、商売をやるには悪くなさそうなところである。

「あっちも開化ふうの町じゃねえか」

「ええ。でも、煉瓦街がどんどんできてくるのを見に来たりしてたら、ぜひ入りたいと思ったんです。家賃が高かったですから、無理かなあと思っていたんですが、ひと月ほど前に三割くらい下がって、それならなんとかやっていけるかと思いました」

「そうかい。でも、幽霊が出るらしいぜ」

「ああ、わたしも見ましたよ」

「あんたも?」

「はい」

「あんたが見たというと、新しいほうだな」

「新しいほう?」

「うん。古いのはキセルを持ってぼおっとつっ立っていたけど、新しいほうは宙に浮かんでいるのさ」

「ええ、浮かんでましたよ」

恐がるようすはなくうなずいた。

「でも、何も言ってこなかったね」

「警視庁にですか?」

「ああ。開化堂は相談に来たぜ」

「幽霊の話なんか持ち込まれても困るでしょう?」

と、若い店主は笑いながら言った。

「だが、陰に何があるかわからねえからな」

「なるほど。でも、あれは単なる悪戯じゃないですか？」

「悪戯？」

「ええ。幽霊というよりちょっとよくできた案山子《かかし》のように見えましたよ」

「そんなものだったかい」

「案山子を紐かなんかで吊り下げているみたいでした。開化堂の甲吉さんは、ちょっと驚きすぎでしょう」

と、皮肉っぽい笑みを浮かべた。

「でも、植木鉢を上に持ち上げて殴りかかろうとしたとか」

「ああ、そんなふうに見えたかもしれませんね。じゃあ、今度見たときはもっとしっかり見ておくことにします」

「あっはっは。頼んだぜ」

そう言って、外に出ると、ちょうど高田九右衛門がやって来たところだった。

六

高田九右衛門は明治になってからずいぶん肥《ふと》った。

もともと痩せているほうではなかったが、顔は丸々とし、下腹が突き出ている。

肥ったのは、おそらく景気がいいからである。娘婿に肉鍋屋をやらせていて、これが当たった。そこで、もうひとつ洋食屋も準備中らしい。

ただ、高田自身はたまたま御一新はうまく乗り切ったが、次の政変では自分が没落するのを覚悟しているという。

なんでも、薩長の天下は遠からず瓦解し、次は奥州《おうしゅう》の勢力が天下を手中にするのだそうだ。危ないのは冬で、大寒波が襲う年、寒さに強い東北勢がいっきに東京を攻略し、政権を手中にするのだという。

「奥州にそんな気配はあるのですか？」

と、竜之助が訊くと、

「気配は知らないが、薩長は戊辰《ぼしん》戦争で東北をいじめすぎた。あの恨みつらみは根強く残っているぞ」

と、ずいぶんうがったことを言っていた。

「もう、調べはいいのか？」

いまは機嫌がよさそうな高田が訊いた。

「いや、まだざっと訊いただけです」

「腹は減ってないのか？」

「そういえば、もう昼どきですね」

「肉を食わせる」

「ありがとうございます」

高田の店でおごってもらうのは初めてではない。できたばかりのころは、味付けを決めるため、竜之助の意見も参考にしてくれた。

最初は脂臭いおかしな味だったが、ネギをたくさん入れたり、しょうゆと砂糖の量を工夫したりするうち、素晴らしくうまいものになった。

「文治も誘おう」

「いいですね」

元岡っ引きの文治は、いま銀座四丁目で本屋をやっている。

いったんは神田の寿司屋を継いだのだが、亡くなったおやじに比べたら腕はいくらか落ちる。そこで、嫁をもらってから、新しい商売を始めていたのだった。

店先で声をかけると、

「もちろん付き合いますよ」

嬉しそうに飛び出して来た。

高田の肉鍋屋は、銀座四丁目の角をまたいだ尾張町にある。まだ昼ひなかだというのに、たいそうな繁盛ぶりだった。大広間に七輪が並んでいて、そのほとんどが客に囲まれている。

「隅のほうですまんな」

と、高田が詫びた。

「そんなことはかまいませんよ」

さっそく肉鍋をごちそうしてくれる。

かつて味見方与力を自称しただけあって高田の舌はかなり磨かれている。去年食べさせてもらったときより、さらにうまくなっていた。肉の選び方もちゃんとしているし、濃いめのタレがじつに食欲を刺激する。

「どうだ、徳川？」

「うまいです」

「肉がうまいのは当たり前だ。三丁目の幽霊はどうだと訊いたのさ」

「なんかいわく因縁がありそうです。あのあたりで昔、幽霊が出るような何かがあったんでしょうか？」

「そういえば、あのあたりで何かあったな」

と、高田は言った。

昔の奉行所でつけていた犯科帳などは、移転してどこにあるのかわからなくなったりしている。かつての与力や同心たちに頼るのがいちばんである。

「ああ、あったかもしれません」

「あそこには梅田屋があって、その隣りはたしか……」

と、高田が遠い目をする。

「おいらが町廻りをしてたときは、精華堂《せいかどう》という甘味屋になってましたぜ」

「それはそのあとだ。ええと……」

「高田さま。山城屋《やましろや》ですよ。小間物屋の」

と、文治が思い出した。

様変わりしてしまった江戸の風景を思い出そうとするとき、元町方の連中はじつに嬉しそうな顔をする。

「そうだ、そうだ。その山城屋のわきで人が殺されたのさ」

「ありましたねえ、そんなことが。そういえば、あの事件は矢崎さんが担当していたはずですよ」

と、文治が思い出した。

「矢崎さんが！」

懐かしい名前である。

矢崎三五郎はもう同心ではない。つづけようと思えば東京警視庁で働くことができたはずだが、「薩長にへいこらしたくない」と、五年前にやめてしまった。

以来、ずっと会っていない。

「懐かしいなあ」

「いまは小伝馬町《こでんまちょう》にいますよ。俥屋《くるまや》をやっています」

「うん。それはおいらも人づてに聞いたよ。一度訪ねて行ったんだけど、わからなかったんだ」

俥屋というのは、人力車に人を乗せて走る商売のことである。

明治になってすぐのころに出現したこの新しい乗り物は、いまや東京中を走りまわっている。

足自慢だった矢崎にはぴったりの仕事かもしれない。

「肉鍋を食べたら、行ってみましょう。ええ、店はあっしがわかってます。たいして距離はありませんよ」

七

その足で、矢崎三五郎を訪ねることになった。文治もいっしょに行くと言ってきかない。

「いいのかい、文治」

と、商売を抜け出すことを心配した。

「いいんですよ。本屋なんざ寿司屋に比べたら楽な商売でね。それにさっきひさしぶりに旦那の手伝いをするかもしれないって言ったら、うちのやつが喜んで送り出してくれましたよ」

「それならいいんだけどさ」

小伝馬町に来た。

「そこです」

と、指差したところで、ちょうど矢崎が人力車の修理をしているところだった。

「これは、若さま」

「矢崎さん。勘弁してくださいよ」

「あっはっは。ひさしぶりじゃねえか。子どもができたんだって？　文治から聞いてたぜ」

「ええ。女の子でしてね。かわいいもんですね」

竜之助は照れもせずに言った。本当にかわいくてたまらないのだ。何日か前には初めて一、二歩あるいた。そのときは、自分が手柄を立てたときよりもはるかに嬉しかった。

「お前がそんな親馬鹿になるとはな」

と、矢崎に笑われた。

「矢崎さんもお元気そうで」

「ああ、元気だぜ。四十過ぎるとちっとたいへんだが、なあにまだまだやれるさ」

「そうですよ」

昔の奉行所の仲間にも新しい事業に失敗したりして、すっかり元気を無くしている人がいたりする。だから、矢崎のように元気でやっている仲間を見ると、ほっとするのだ。

「それに、あと三台ほど俥を買ってあって、そっちは若いやつらに引かせているのさ」

「へえ」

「ところで、今日はどうしたんだ？」

「じつは、二十年ほど前に、新両替町の三丁目で……」

と、山城屋のことを話した。

「へえ、幽霊がな。うん、覚えてるぜ」

と、矢崎が話してくれたのは——。

小間物屋の〈山城屋〉はけっこう繁盛している店だった。

ところが、その店のわきの路地で、三丁目の町役人の一人が、頭を殴られて死んでいたのである。

その下手人として、山城屋のあるじの庄右衛門《しようえもん》が捕縛された。

「捕まえたんですか？」

と、竜之助は訊いた。

「ああ。ちっと証拠が足りなかったんだがな」

「殺すような理由はあったのですか？」

「あのころ、たしか町役人の選出のことで町内がもめていて、お互いに憎しみ合い、恨み合うというひどいことになっていたのさ。死んだ男は、その町役人の候補の一人で、山城屋はそいつに反対していたほうだった」

「なるほど」

利害がからむうえに、なまじ隣り近所で子どものころから顔見知りであるため、兄弟の財産争いみたいにひどいことになったりする。町方が知らないうちに、そんなひどいことになっていた例は、竜之助も知っていた。

「それで山城屋の庄右衛門は、その候補がちょうど路地の下にいたときに、二階の物干しからおもとの鉢を落としたと思われたのさ」

「おもとの鉢！」

まさに煉瓦街の幽霊ではないか。

「見た者はいなかった。だが、山城屋の物干しには、植木鉢がいっぱい並べてあった。おもとだけではなく、ほかの鉢もいろいろあったがね。しかも、山城屋のあるじは、自分がやったかもしれないと白状したんだよ」

「やったかもしれないですか？」

「ああ。頭がぼうっとしてしまっていたと」

「ぼうっとねえ」

「おいらも変だと思ったのさ」

と、矢崎は言った。

「なぜ、変だと思ったのですか？」

「その死体を直撃したおもとってのが、よく見たら葉っぱの模様が変だったのさ。おもとってのはときどき変なものが出る鉢植えなんだよ。そして、変わったやつってのはすごく珍重されたもんだ」

「へえ」

江戸っ子というのは、だいたいが変なものを好む傾向がある。そのくせ、変なものを誰も彼も好むものだから、あっという間に普及して、結局、めずらしくもなんともなくなったりする。

ちょっと前には、外来のウサギが耳が黄色くて珍しいというので東京中で大流行した。なかにはもとからいたウサギの耳を黄色に塗っただけというものが現れたりして、警視庁でも探索したものだった。

「だから、そんなのを上から落とすかなと思ったんだよ。そういうときは咄嗟《とっさ》にでも、どうでもいい鉢を落としたりするんじゃねえかなと」

「なるほど。それは面白いところに目をつけましたね」

もしかしたら、矢崎の捕り物のことで感心したのは初めてではないか。

「だが、自分がやったかもしれねえと言うのでどうしようもなかったよ」

「誰かをかばったということはなかったですか？」

「かばったとしたら、倅《せがれ》だろうな」

「倅がいたんですか？」

「あのころ、まだ八つか九つだったよ。利発な子だったな。その子が上からわざと落としたのかもしれねえ。じっさい、それを疑うやつも多かったんだよ」

「でも、もしそうだったとしても事故でしょ？」

と、竜之助は言った。故意でなければ、そう咎《とが》められはしない。ましてや八つか九つの子どもだったらなおさらだろう。

「ただ、その子がなまじ賢かったから、大人並の知恵も働いたと思われたんだろうな。おいらもまだ見習いに毛の生えたくらいの駆け出しでな。先輩たちに言われると、反対しきれなかったんだ」

と、矢崎は後悔しているような顔になった。

「それで処刑されたんですか？」

「いや、牢に入ってまもなく、病気で死んでしまったよ。自分でも長くないのはわかっていたみたいだったな」

「ふうむ」

竜之助は腕組みして、文治の顔を見た。

文治はうなずき返した。自分も変だと思っていると、表情が語っている。

「当然、その店はつぶれたのでしょう？」

と、竜之助は訊いた。

「そりゃあ、そうだ」

「女房と倅はどこに行ったかわかりますか？」

「小網町《こあみちょう》に移って、小さな飲み屋を始めたはずだがな」

「小網町のどのあたりかもわかりませんかね？」

と、文治が訊いた。

小網町は日本橋川の北岸で、茅場《かやば》河岸の反対側につづく町並である。いまも江戸の地名のまま残っている。

ただ、裏手にいっぱいあった大名屋敷はいまや払い下げられたりしていて、民家が数多く並び始めている。

「ちっと待ってくれよ」

と、矢崎は目をつむった。

それから指先だけを動かす。こうやって、矢崎は小網町の町を頭の中で駆けめぐっているのだ。同心時代もときどきやっていたが、俥屋になってからは速度が増したらしく、指の動きがかなり速い。

「うん。たしか三丁目の行徳《ぎょうとく》河岸の近くだったと思う」

「わかりました。明日にでもちっと調べてみます」

と、文治が言った。

それから、ひとしきり昔の思い出話に花が咲いた。

気がついたら、秋の早い夕暮れが訪れつつある。

「あら、もう暗くなってきましたよ」

と、文治が言った。

「じゃあ、そろそろお暇《いとま》します」

「徳川、遅くなったな。俥で送ってやろう」

「大丈夫ですよ。わたしより、文治を」

「いえいえ、あっしはこの前、乗せてもらいました」

と、怯えたような顔で行ってしまう。

「遠慮するな」

「ちゃんと料金は払いますよ」

「うん。まけてやるから」

「では、一度、家に寄る用事があるので、霊岸島《れいがんじま》までお願いします」

八丁堀はもう、町奉行所の与力や同心たちの町ではなくなりつつある。

いったんはそのまま新政府に仕えた与力や同心たちも、薩摩の連中が幅を利かせはじめたあたりから、ほかの仕事に替わったり、親戚をたよって静岡に移住したりしつつあるのだ。

しかも、与力や同心の家や土地はどんどん新政府に接収されていた。

竜之助は、五年前に所帯を持ち、子どもができたとわかった昨年の夏に、隣り町である霊岸島の長屋に引っ越ししていた。

「よし、飛ばすぜ。しっかり摑まれ」

いきなりものすごい速さで走り出した。

このあたりの道は街灯も常夜灯もない。わずかに家々の明かりが洩れてくるくらいである。いちおう人力車の前に提灯《ちょうちん》がくくりつけられているが、その明かりも微々たるものである。

それなのに、矢崎の人力車の速さといったら。

「うわっ。矢崎さん、怖いですよ。これは駄目です」

「大丈夫だってんだよ」

「ほんと、お願いしますって」

「おめえも邏卒を首になったら俥屋をやるといいぜ」

「いや、わたしにはこんな恐ろしいことはできませんよ」

そうは言っても、矢崎が昔と変わらず元気でいてくれるので、竜之助は内心、嬉しかったのである。

八

翌朝——。

竜之助は、本郷の大海寺を訪ねた。

幽霊のことはお寺で聞くのがいちばんかと思ったのである。

もちろん、煉瓦街の幽霊が本物と信じているわけではない。だが、贋物《にせもの》には贋物なりの特徴とか、傾向みたいなものはありそうである。

いちおう訊いてみるか、くらいの気持ちだった。

それに、大海寺が心配でもあった。

大海寺に限らず、いま寺はたいへんなことになっている。

新政府が出した神仏分離令によって、世の中には仏教を敵視する廃仏毀釈の運動が巻き起こった。いまや、寺は略奪にあったり、仏像を破壊されたり、さんざんな目に遭《あ》っているのだ。

これまで威張りくさっていた寺や僧侶への反感が、いっせいに火を噴いてしまったらしい。

大海寺は檀家の人たちに慕われていたこともあって、とりあえず過激な被害は蒙《こうむ》っていない。だが、すっかり困窮し、雲海和尚は寺の隅でおでん屋を開いて、糊口《ここう》をしのいでいるありさまだった。

「おう、竜之助。来てくれたか」

「どうです、商売のほうは？」

「うむ。なんとか一人が食べていけるくらいには客がついてきたよ」

「それはよかったです」

あのころ小坊主をしていた狆海は――いまはもう祥海《しょうかい》という名になっているが――鎌倉《かまくら》の本山に勤めていて、ここには住んでいない。

半年ほど前、ひさしぶりに会ったが、背は竜之助を上回るほどになって、しかも落ち着いた態度ときたら、若くして名僧の雰囲気が漂うくらいだった。

それにしても、雲海のおでん屋というのは意外だった。

だいいち、おでんには練り物など、魚のすり身がつきものである。それを使わないおでんは、味も物足りないのではと思った。

だが、そのあたりは、豆腐をうまく使った見た目そっくりの練り物で、逆に面白がられているらしい。

「どうだ、あいかわらず駆けずりまわっているのか?」

「ええ。いまは煉瓦街に幽霊が出た件で動いています」

「ほう。煉瓦街に出る幽霊は、洋服を着て、革靴をはいてたりするのか?」

「いいえ、ちょん髷でなんだか古ぼけた感じがするんだそうです」

「ふうん、江戸の幽霊か」

と、せせら笑った。

「和尚は幽霊なんかしょっちゅう見たことがあるんでしょう?」

「あるか、そんなもの」

「え、お寺にいて、ないんですか?」

「ないなあ。なんでだろうなあ」

大真面目な顔で考えこんだ。

このあたりが和尚のいいところなのだ。

「いても不思議はないよな」

「そうですね」

「だが、わしは見ていない。ということは、わしには逢いたくないってことか」

と、がっかりした。

「そんなこともないでしょうが……そうか、ないんですか」

「何が知りたいんだ？」

「いや、本物と贋物の見分け方とか」

「それはかんたんだろう。捕まえられたら贋物で、捕まえられなかったら本物だ」

「なるほど」

「もし、幽霊の贋物を出すとしたら、何の根拠もない幽霊よりは、いかにもという幽霊を出しますよね」

「そりゃそうだ。根拠がないと、あんまり怖くもないだろう」

「そうか」

と、竜之助は閃《ひらめ》いた。

九

本郷から銀座にもどって来ると、一丁目の京橋を渡ったあたりで、また懐かしい顔に出会った。

「よう、竜之助」

「大滝さん」

元同心の大滝治三郎である。もっとも大滝と会うのはそんなにひさしぶりではない。

大滝は矢崎と同じころに奉行所をやめ、いまは銀座にある新聞社で働いている。新聞社といっても記者ではない。印刷のほうを担当しているのだ。そのため、会うといつも、手の指がインキで黒くなっている。

「どうだ、警視庁の調子は？」

よくわからない訊き方をされた。

「警視庁もわたしも絶好調ですよ」

「お前は明るくていいよな。上のほうはたいへんだぞ。大久保《おおくぼ》が威張っちゃって。西郷《さいごう》がもうすこし踏ん張ってくれたらよかったんだがなあ」

大滝は顔をしかめた。

いくら記者ではなくても、毎日、刷り上がる新聞のすべてに目を通すから、時勢についてはやたらと詳しい。それに、興味のあることは直接、記者に訊いたりもしているらしい。

西郷というのは、参議だった西郷隆盛《たかもり》のことである。

昨年、西郷は大久保利通《としみち》らが欧米へ視察に行っているあいだ、政変を起こそうとしたそうで、いまは下野し、郷里の鹿児島に帰ってしまった。

「だいたい、西郷という人はよくわからねえからな」

「そうなんですか?」

と、竜之助はとぼけた口調で訊いた。

西郷が一筋縄ではいかない人間であることは、倒幕のときの西郷の役割をいろいろ聞いただけでもわかる。その人格に打たれ、神のように慕う人も多いが、竜之助は西郷の凄さは人格よりも、戦略家としての才能にあるような気がしている。徳川幕府の瓦解は、まさにその西郷が実行した戦略によるところが大きかったはずである。

「今度は鹿児島で何をするか、いまのお偉方も戦々恐々としてるよ」

大滝は自分がつかんだ秘密を教えるような口調で言った。

維新後、桐野利秋《きりのとしあき》と改名した中村半次郎も、西郷と行動を共にしている。その桐野とは、去年の春くらいに再会した。

「おぬし、邏卒なのか？」

と、桐野は驚いた。同じ薩摩藩閥なのに性格が合わない川路利良《かわじとしよし》のところにいるというので、いささかムッとしたらしい。

だが、すぐに人のいい笑顔にもどって、

「風鳴の剣とは一度、立ち合いたかったなあ。どうだ？」

と、訊いた。

「もう、ずっと使ってないので、忘れてしまいましたよ」

そう答えると、竜之助の肩を強く叩いて、去って行ったものだ。

「西郷はともかく、大滝さんに訊きたいのですが」

「なんだよ、あいかわらず珍事件ばかり担当してるのか？」

「幽霊が江戸のころを感じさせたとしたら、それはどんなところからなんでしょうね？」

「幽霊が江戸を感じさせる？　ううむ、難しいな。ちょん髷も刀を差しているのもまだそこらにいるしな」

「そうなんです」

「幽霊が肉をこそこそ食ってたりすると、いかにも江戸だな」

「なるほど。でも、窓の向こうに立ってたけど、食べたりはしてなかったそうなんです」

「いまはみんな新聞になってしまったから、幽霊が瓦版を読んでいたら、江戸っぽいな」

「それも面白いですが、瓦版は読んでなかったんです」

「大名行列も無くなったよな。槍を持った奴《やっこ》の幽霊なら江戸っぽいぜ」

「大滝さん、奉行所にいたときより冴えてますね。でも、残念ながら、奴じゃなかったんです」

「そういえば、幽霊も老いるたんびに薄くなり、という川柳がある。薄くなってきてたんじゃねえのか？」

「薄くなってきた……そりゃあ、面白い！」

と、竜之助はこぶしをぎゅっと握ってみせた。

明治になってから考えた、竜之助なりの当世ふうしぐさである。

十

また一通り銀座三丁目界隈をまわり、これまでの幽霊の出没箇所をたしかめた。

昼どきになって、庁舎で弁当でも食おうかともどったところに、

「徳川さま」

と、文治がやって来た。

「いままで小網町のほうをまわっていたんですよ」

頭こそざんぎりだが、着物を尻っぱしょりにして、すっかり昔の岡っ引き姿である。腰に十手がないのが不思議な気がする。

「山城屋の女房と倅は見つかったかい？」

「わからないですね。十年ほど前まではいたんですが、倅がどこかに小僧に出て、店はやめてしまい、御一新の前にはもう引っ越していたみたいです」

「そうか」

文治が調べてわからなかったら、ほかの誰が調べてもわからない。

竜之助は制服の胸のところから手帖を取り出し、

「ちっとこれを見てくれよ」

と、開いてみせた。あいかわらず左手は小さな動きができないので、こういうときは苦労する。

竜之助はこのところ手帖をずいぶん活用する。それは、鉛筆という道具を使うようになったからである。

筆を使っていたころは、矢立てを持ち歩き、こぼしたりする心配もある墨壺につけてから書かなければならなかったり、じつに面倒だった。鉛筆というのは、先を削るだけで芯があらわれ、これでほとんどのものに字を書くことができる。

このため、推理の糸口が浮かんだときや、整理して考えるときは大いに手帖を役立てることにした。

今度の件では、こんなふうに手帖に記していた。

ふた月前　銀座三丁目に江戸の幽霊出現。

都合五度。たちまち噂になる。

これで煉瓦街の家賃が大幅下落。

幽霊はいったん出なくなった。

半月前、新進堂が入居。

十日前からおそらく別の幽霊が出現。都合三度。

「それから、こっちは幽霊が出たところを記してみたんだ」

と、かんたんな地図の上に、○と△の印を描いたものを見せた。

「○はふた月ほど前に出た長いキセルを持った幽霊で、△はおもとの植木鉢を持った幽霊だ」

これらを見ながら竜之助は言った。

「よう、文治。こうやって並べると、最初の幽霊は煉瓦街の家賃を下げるために出現したみたいだろ」

「そうですね」

「ただでさえ湿気がひどいだの底冷えがするだの言われているところに、幽霊まで出て、家賃が高いときたら、誰も入らねえ。だが、家賃さえ下がれば、幽霊なんて今度は嘘っぱちのように思えてきたりする」

「そんなもんかもしれませんねえ」

「それで、新進堂が来たら、今度は新しい幽霊が出はじめた。しかも、この幽霊は植木鉢を持ち歩いている」

「二十年前の事件のことを知っているってわけですよね」

「そうだよ。だが、最初の幽霊だって、二十年前とつながりはあるのかもしれねえぜ」

「へえ。また、わからなくなってきました」

「そうかね」

と、竜之助は嬉しそうな顔をする。

「あれ、旦那はもうおわかりなので？」

まるで江戸のころにもどったようなやりとりになった。

「うん。だいたいはわかったぜ。ただ、真実は摑んでもどうにもならなかったり、さらにあぶねえことが起きたりしそうなのさ」

竜之助はちょっと心配そうな顔で言った。

十一

竜之助は新進堂のあるじを訪ねた。

文治もいろいろ手伝ってくれたので連れて来たかったが、いまは町方の者ではない。調べに素人を手伝わせるのはまずい。

「またちっと訊きたいことがあるんだよ」

「なんでしょうか？」

新進堂のあるじは、この前会ったときより硬い表情で竜之助を見た。

「もしかして、お前さんは以前、隣りにいた山城屋の息子さんじゃねえのかい？」

と、竜之助は声を低めて訊いた。

「どうして、そんなことを？」

「だって、二十年前にその路地で、おもとの植木鉢で頭を殴られて死んだ男のことを知っているのは、ほんの一握りなんだぜ」

「………」

「梅田屋だって知ってるだろうって言いたいだろ。でも、それを言うと、ますます昔のことを知っているのがばれちまうもんな」

「……」

まだ口をつぐんだままである。

「幽霊騒ぎがつづいているが、これを見てくれよ」

と、竜之助は騒ぎを順序立てて記したものを見せた。

「こうやって整理したら、ふた月前の幽霊は、ここ煉瓦街の家賃が安くなったところでぴたりと出なくなった」

「はい」

新進堂のあるじは、かすれた声でうなずいた。

「それから新進堂をはじめ、このあたりにもどんどん新しい店が入ってきた。すると、今度はおもとの鉢を持った幽霊が出るようになった」

「そうですね」

「ところが、この幽霊は前のやつと違って、出る範囲が限られている。ここと、ここと、ここ」

地図を指差した。

「つまり、この店の周囲にしか出てないってことがわかったのさ」

「ほう」

「贋物の幽霊を出すなんざ、そんなに難しいこっちゃねえよな。だいたい、あんた自分でも言ってたことがあるもの。案山子を紐かなんかでぶら下げてたみたいだって」

「そうでしたっけ」

「おいらもそれをやったと思うんだよ。ただ、皆がぼやぁっと見えて、ほんとに江戸のころから出てきた幽霊みてえだったというんだ。工夫はそこかなと思ったよ」

「はい」

「さっき、下からここの上のベランダをのぞいたのさ」

「あ」

「蚊帳《かちょう》が置いてあるのが見えたぜ。もうこれだけ寒いんだもの、蚊帳はいらねえだろ。でも、案山子みてえな幽霊を蚊帳で取り巻くみたいにしてぶら下げたらどうかなと思ったのさ。窓から見せるんだから、家の中からだと蚊帳の中にいるようには見えねえ。でも、ぼんやりして、姿かたちも薄くなってきていて、いかにも江戸の幽霊って感じだろ」

「なんと言ったらいいのか」

「最初の幽霊を出したのは、梅田屋の隠居さ」

「そうなのですか」

「人を雇ったかもしれないが、おいらは隠居が自分で化けたんだろうと思ってる」

「へえ」

「もちろん、ここの家賃を下げさせるためにな。その幽霊を出すときに、梅田屋の隠居はかつて町役人を殺した罪を着せられそうになった山城屋の旦那に似せたんだ。愛用していたという長いキセルを使ってな」

銀座三丁目の裏に山城屋のあるじをよく覚えている古老がいた。その人によると、山城屋は町内の素人芝居で石川五右衛門を演じたときがあったらしい。そのときに使った小道具のキセルが大いに気に入って、いつもそれを持ち歩いていたのだそうだ。

「……………」

新進堂の若いあるじはつらそうな顔をした。

「町役人のほうに似せればよかったけど、てめえが殴って殺した男に似せるのは、気が咎めたかしたんだろうな。山城屋のあるじに罪を着せようとはしたが、あるじが死んだ理由は病気だった。恨まれる度合いも少なそうだもの」

「そうですね」

「ただ、この噂が新橋で商売をやっていたあんたにも届いたんだよな。長いキセルを愛用していた男の幽霊というのは……あんたも何か勘づいたんだろ？」

「そこまでおわかりでしたか。ええ、わたしも、これはおやじのことを知っている者のしわざだと思いました。そして、もしかしたら、そいつが本当の町役人殺しの下手人ではないかと」

「おいらもそう思ったぜ」

「じつは、母親もあの殺しは変だと言い残して亡くなってました。それに、わたしにもあの日の記憶がありました」

「ほう。どんな？」

「二階の物干しから町役人が下で倒れているところを見たのです。そのときは、おもとの鉢なんかまわりにもなかったんですよ」

「そうだったのかい？」

「だから、あれは別のもので撲《なぐ》って殺した者が、それからおもとの鉢を倒れている男にぶつけたに違いないんです」

「それだな」

と、竜之助はうなずいた。

十二

「あんた、脅して白状させようなんて考えたわけじゃないよな」

と、竜之助は心配そうに訊いた。

「ええ」

新進堂の若いあるじはうなずいた。

「それに賢い人だから、二十年も前の江戸の殺しの真相なんかあばくのはたいへんだってことも知っているだろ」

「まず、無理でしょうね」

「罪を着せるのだって難しい」

「はい」

「だから、あんたが狙ったのは、幽霊で脅すんじゃなく、真相を知ってるぜと脅すことだった」

「へえ」

「おいら、梅田屋の隠居にも訊いたのさ」

ここへ来る前に立ち寄ってきたのである。

「なんて？」

「新進堂の若旦那は、昔亡くなった山城屋庄右衛門と似てませんか？　ってね」

「なんと言いました？」

「さあ、と首をひねったよ。でも、顔色は青くなってた」

「そうですか。でも、邏卒さんが言う前に、あいつはわたしのことに気づいたかもしれません」

「ほう」

「挨拶に行ったとき、じいっとわたしの顔を見てましたから」

梅田屋の隠居は、新進堂のあるじにかつての知人——山城屋庄右衛門の面影を見つけ、こっちはこっちで梅田屋の隠居へ、父親に無実の罪を着せたのはこの男ではないかという疑いを強めたのだろう。

「それで、あんな幽霊まで出しちまった」

「はい」

「ばれたってせいぜい小言を言われるくらいだ。でも、うまくいけば、二十年前の下手人まで炙《あぶ》り出すことができる」

「そうだといいんですが」

と、笑った。

竜之助は外に出た。

四丁目のほうに歩き出した。

「すごいですね、警視庁の邏卒さんは」

と、新進堂のあるじは言った。この先に用があるとかで、いっしょに歩きはじめている。

「そうかい？」

「江戸の町奉行所とはまるでちがう。あのとき、あなたがいてくれたら、おやじはあの場できれいに疑いを晴らすことができたんじゃないでしょうか？」

「そうはいかねえのが捕り物なのさ」

そのときだった。

頭上に気配を感じた。

植木鉢が落ちてきていた。落下点にいるのは竜之助ではない。新進堂のあるじだった。

そのとき、竜之助は腰から棒を引き抜いていた。

「とあっ」

棒を一度、旋回させた。

新進堂のあるじの頭上で植木鉢が爆発したように飛び散った。

「馬鹿野郎が。あんたの狙いどおりだ。てめえで尻尾を出しやがった」

上を見ながら苦笑した。

慌てることはない。ゆっくり尋問するつもりである。

「なんですか、いまのは？」

「この棒だよ。もう刀は使っちゃいけないんでね。でも、刀じゃなくてよかった」

「どうしてですか？」

「刀だったら植木鉢を切ってしまい、鉢はそのままお前さんの頭を直撃しただろう。棒だったから、こんなふうに砕けて、せいぜい土くれをかぶるくらいで済んだんだぜ」

「なるほど。でも、さっき棒を振ったとき、風が鳴るような音がしましたね」

「そりゃあ空耳だよ」

「いや、空耳なんかじゃありません。棒で風が鳴るような音を立てるなんて、驚きました」

新進堂のあるじはそう言って、しげしげと竜之助の警棒を見た。警視庁が邏卒にサーベルを使わせるのはもっとあとである。この当時は皆、警棒を武器にしていた。

なんの変哲もない、ごくふつうの警棒だった。

翌日――。

竜之助は、訪ねてきた文治に、昨日の顚末《てんまつ》について語って聞かせた。

「なるほど、旦那はそこまで警戒してたわけですか」

「怪我でもされちゃてえへんだろ。未然に防ぐことができたら、それにこしたことはねえのさ」

竜之助は嬉しそうに言った。

そのとき、奥のほうから高田九右衛門の声がかかった。

「徳川、今日はそろそろ終わりにしよう」

「え、まだ正午になったばかりですよ」

「今日は土曜日だろう。いま官庁を、日曜は休み、土曜は半日出勤にするという案が検討されているのさ」

「へえ」

「それでそういう勤務のかたちはどんなものなのか、わしに調べるように言われているんだ」

と、手帖を見せた。

「昔の閻魔帳《えんまちょう》みたいですね」

「そう。厳しく調べるぜ」

と、笑った。

上司が帰れというのである。

それなら、たまには早く帰ってよちよち歩きをし出した子どもと遊ぶことにしよう。

文治とは、銀座通りのところで別れた。

「お佐紀ちゃんは元気かい？」

と、別れぎわに訊いた。

文治とお佐紀が結ばれたのは、上野戦争がきっかけだった。彰義隊《しょうぎたい》のあとをついて取材をしていたお佐紀は、予想していなかった戦闘に巻き込まれて、行方知れずになった。

崖下に倒れていたのを発見し、銃弾が降り注ぐ中を救出したのが文治というわけである。

文治は気風《きっぷ》のいい江戸っ子である。お佐紀だって嫌いだったわけがない。文治の「いっしょになってくれねえか」という申し出に、お佐紀は二つ返事でうなずいたのだった。

「ええ。今度は居留地の異人から英語を習うんだそうで」

「へえ」

「まったく勉強好きの嫁をもらうと、こっちもたらたらしにくくて」

「いいじゃないか。人間、死ぬまで勉強だよ」

「じゃ、ここで」

銀座から霊岸島も、足の達者な竜之助にはすぐの距離である。

竜之助は足早に歩いた。

町並はどんどん変わっている。変わらないものも素晴らしかったりするが、人も世も変化しつづけるのは世の常だろう。だったら、あまり非難がましくならず、変化を楽しめばいい。

文明開化に眉をひそめたり、じっさい迷惑をこうむった人もいる。すべての人間が同じように恩恵を得るのは難しい。

でも、いま考えても徳川幕府はやはり、役目を終えていたのだ。だから、次の世の中がどんなことになるか、邏卒として、東京府民として、見届けていかなければならない。

「頑張るぞ」

と、竜之助は口に出して言った。

「新しい時代を生き抜いてみせるぞ」

角を曲がると、女が二人、家の前に立っているのが見えた。

手前にいたのはお寅だった。そろそろ孫の顔を見に来るころだと思ったが、やっぱり来ていた。

そのわきで、小さな娘を抱いているのが女房だった。

「よう、いま、帰ったぜ」

こっちを見た顔がぱっと輝いた。

五年前、静岡に移住していた支倉辰右衛門を訪ねて、「この人を嫁にしたい」

と告げたとき、支倉は反対するだろうという予想に反し、「やっぱり」と言ったのだった。

ただ、支倉は一つ、秘密を明らかにしたのである。「本当の名をご存じないでしょう」と。やよいという名は奥女中としての名前だった。本当の名は容貌には似合わない、なんともごついものだった。

「あら、こんな早くに。お帰り、お前さん」

「おう、お熊《くま》。どうやら土曜は半日勤務になるらしいぜ」

「そりゃあ、いいわねえ」

お熊は、色っぽいというよりは、まるで菩薩《ぼさつ》のようなやさしい笑みを浮かべた。

本書は２０１１年３月に小社より刊行された作品の新装版です。

双葉文庫

か-29-54

若《わか》さま同心《どうしん》　徳川竜之助《とくがわりゅうのすけ》【十三】
最後《さいご》の剣《けん》〈新装版《しんそうばん》〉

2023年1月15日　第1刷発行

【著者】
風野真知雄《かぜのまちお》

【発行者】
箕浦克史
【発行所】
株式会社双葉社
〒162-8540 東京都新宿区東五軒町3番28号
［電話］03-5261-4818(営業部)　03-5261-4833(編集部)
www.futabasha.co.jp(双葉社の書籍・コミックが買えます)
【印刷所】
中央精版印刷株式会社
【製本所】
中央精版印刷株式会社

【フォーマット・デザイン】
日下潤一

ISBN978-4-575-67146-9 C0193
Printed in Japan

風野真知雄　わるじい慈剣帖（四）　長編時代小説〈書き下ろし〉
ばあばです

長屋の二階から忽然と消えたエレキテル。没収しようと押しかけた北町奉行所の捕り方たちも目を白黒させるなか、桃太郎の謎解きが光る。

風野真知雄　わるじい慈剣帖（五）　長編時代小説〈書き下ろし〉
あるいたぞ

長屋にあるエレキテルをめぐり対立してきた北町奉行所の与力、森山平内との決着の時が迫る。愛する孫のため、此度もわるじいが東奔西走！

風野真知雄　わるじい慈剣帖（六）　長編時代小説〈書き下ろし〉
おっとっと

日本橋の新人芸者、蟹丸の次兄が何者かによって殺された。悲嘆にくれる娘のため、桃太郎は真相をあきらかにすべく調べをはじめるが。

風野真知雄　わるじい慈剣帖（七）　長編時代小説〈書き下ろし〉
どこいくの

江戸の町のならず者たちの間に漂い始める抗争の気配。その中心には愛坂桃太郎を慕う芸者の蟹丸の兄である千吉の姿があった。

風野真知雄　わるじい慈剣帖（八）　長編時代小説〈書き下ろし〉
だれだっけ

激化の一途をたどる、江戸のならず者たちの抗争。愛する孫に危険が及ぶまいとする愛坂桃太郎だが……大人気時代小説シリーズ、第8弾！

風野真知雄　わるじい慈剣帖（九）　長編時代小説〈書き下ろし〉
ねむれない

愛孫の桃子と遊ぶことができず、眠れぬ夜を過ごす元同心の愛坂桃太郎。そんなある日、桃太郎はなにやら訳ありらしい子連れの女と出会い……。

風野真知雄　わるじい慈剣帖（十）　長編時代小説〈書き下ろし〉
うそだろう

江戸の町を騒がす元凶・東海屋千吉との因縁に決着をつけ、愛する孫と過ごす平穏な日常を取り戻せ！　大人気時代小説シリーズ、感動の最終巻!!